I0542660

COME
UN'ALLUVIONE

Alexis Hall

Triskell Edizioni

Pubblicato da
Triskell Edizioni di Barbara Cinelli
Via 2 Giugno, 9 - 25010 Montirone (BS)
http://www.triskelledizioni.it/

Prodotto in Italia
Prima edizione – Ottobre 2016
Edizione Ebook 978-88-9312-134-7
Edizione cartacea 978-88-9312-184-2

A CD

«Vedeva bene quanto tutto fosse semplice, modesto e
angusto, persino, ma altrettanto bene capiva quanto
contasse per lei, e che punto fermo importante fosse nella
sua esistenza. Non voleva affatto rinunciare alla sua
nuova vita e ai suoi magnifici orizzonti, non voleva dare
le spalle al sole, all'aria e a tutto quello che le veniva
offerto per rintanarsi di nuovo in casa; il mondo lassù era
troppo forte, il suo richiamo arrivava anche sottoterra, e
lei sapeva di doversi riportare a quei più vasti scenari. Ma
era bello sapere di avere un posto in cui tornare, un posto
tutto suo, tra quelle cose che sembravano così liete di
rivederla e sul cui semplice bentornato avrebbe sempre
potuto contare.»

—Kenneth Grahame, *Il vento tra i salici*[1]

[1] Traduzione di Stefania di Mella, K.GRAHAM, *Il vento tra
i salici*, BUR ragazzi 2013

CAPITOLO 1
La porta

È verde.

Con pannelli di vetro smerigliato e un grosso battente massiccio. Il campanello non funziona. Non ha mai funzionato.

Ricorda ancora la prima volta che l'ha vista, in cui si è trovato in piedi di fronte a essa, speranzoso e impaziente, mano nella mano con Marius.

Se ne ricorda come ricorda la prima volta in cui Marius lo ha baciato, come la prima volta in cui ha infilato la chiave nella serratura, girandola prima nel verso sbagliato, poi in quello giusto, goffo in un gesto che non gli era ancora familiare.

Quando dico alla gente quello che faccio, vuole sempre sapere se ho mai lavorato a qualcosa di famoso. All'eulogia per Shakespeare di Ben Jonson. Alle opere giovanili della Austen. Alla collezione Abinger.

L'ho fatto, ma non sono i progetti a cui sono più legato.

Quello che amo sono lettere e diari, taccuini e libri mastri, calendari, inviti e almanacchi: documenti ordinari di gente comune. *Ephemera*, è così che li chiamano. Dal greco. Come quegli insetti dalle zampe delicate, con le ali simili a vetri piombati, che vivono per un solo giorno.

Talvolta mi domando se sia un'occupazione strana la mia, questo bisogno quasi ossessivo di preservare tutto ciò che è transitorio. Ma, se per alcune persone la storia è

1

fatta di poche, roboanti voci che hanno declamato l'arte e combattuto guerre nel corso dei secoli, per me è un coro sommesso di giorni del bucato e fatture del droghiere, di cartamodelli e rotazioni delle colture. Del prezzo del sego.

Giusto quella mattina, mentre controllavo e mettevo in ordine dei fascicoli di lettere del tardo XIX secolo, in vista della loro digitalizzazione, avevo notato che alcune delle buste in cui erano racchiuse erano più spesse delle altre. Dentro a una di esse avevo trovato una manciata di fiori essiccati. Dentro un'altra, alcuni pezzi di stoffa. Nemmeno il trillo insistente che segnalava l'arrivo di un messaggio sul cellulare era riuscito a turbare la sacralità del momento.

Io e quei frammenti di vita eravamo rimasti legati, almeno per un po', nella quiete di un tempo sospeso.

Poi mi ero sfilato i guanti e avevo preso il telefono.

Non avevo visto il cielo scurirsi né sentito la pioggia che cominciava a cadere, ma all'improvviso stava diluviando, fiumi d'acqua grigia sui vetri, che offuscavano la vista come lacrime.

Il messaggio diceva: *Di sicuro lo saprai, tesoro, ma hanno diramato un'allerta esondazioni nella tua zona. LOL. Ti voglio bene, mamma.*

Due, quasi tre anni, e la mamma di Marius continuava a mantenere i contatti, a ricordarsi del mio compleanno e a mostrarmi il suo affetto. Al contrario del figlio.

Non aveva idea di quanto fosse doloroso.

Ogni tanto, provavo a darle la colpa di tutto. Se lo avesse cresciuto con una maggiore capacità di sentirsi in colpa o di provare pudore, con un po' più di senso del dovere personale e sociale, forse non mi avrebbe lasciato.

C'era stato qualcosa di bello tra noi. Sarebbe potuto

durare una vita.

Quel «*LOL*» non era una presa in giro. Era convinta fosse una tipica espressione del linguaggio dei social media, e nessuno di noi si era reso conto della portata del problema sino a quando non aveva scritto: «*Lo zio Teddy è morto. Lol*». A quel punto era troppo tardi per fare alcunché.

Avrei voluto ignorare il messaggio, ma si sarebbe preoccupata, così scrissi: «*Va bene. Lol*», il che supponevo fosse vero. Be', in effetti vivevo su una pianura alluvionale, ma la stessa cosa valeva per buona parte della città. La mia amica Grace, che era meno sensibile di me al fascino degli edifici in arenaria e alle guglie, una volta l'aveva definita la fica dell'Inghilterra. Aveva detto che in buona sostanza si trattava di un'umida fessura nel bel mezzo del Paese: una frase che, per qualche motivo, non aveva mai trovato il suo posto nei libri di storia e di poesia del luogo. Ma avevo sempre pensato che la intendesse con affetto. Grace era il genere di persona che poteva permettersi di dire cose simili.

La casa si era allagata due volte, una nel 1947 e un'altra nel 2007, ma non era mai capitato da quando ci eravamo trasferiti lì. Quando l'avevamo comprata, sapevamo che era a rischio alluvioni, ma io l'avevo voluta comunque e Marius si era mostrato disposto a compiacermi. Sin dall'inizio della nostra relazione, avevamo trovato il modo di vivere insieme— in augusti dormitori per studenti, in sistemazioni di fortuna con altri coinquilini, nell'appartamento che avevamo affittato insieme— ma quella era stata la prima e unica abitazione di nostra proprietà.

Non ci si innamora davvero di una casa. Ci si innamora della vita che potresti viverci.

E dal primo momento in cui avevo visto *quella* casa,

3

avevo visto noi. Avevo visto noi in ogni stanza: a parlare, a toccarci, a condividere. Avevo visto tutto. Ma, a conti fatti, il mio si era rivelato solo un sogno.

Quando avevamo rotto, Marius avrebbe voluto vendere, ma io lo avevo supplicato e alla fine avevo comprato la sua parte. Credo fosse stato un sollievo per entrambi che avessi ancora qualcosa per cui lottare, visto che Marius mi aveva fatto capire con chiarezza che non avrei potuto lottare per lui.

A posteriori, non saprei dire cosa avessi cercato di tenermi stretto. Perché quella casa, ormai, non era altro che responsabilità e spazi vuoti.

Quando vi feci ritorno, quel pomeriggio, consultai il sito dell'Agenzia per l'ambiente in cerca di informazioni sulla mia zona. Tutto il sudest era in codice rosso: si attendevano esondazioni ed era necessario prendere provvedimenti immediati.

Così andai a letto con un libro, accompagnato dal picchiettio della pioggia.

Intorno alle dieci, perso in quell'interminabile lasso di tempo che precedeva il momento in cui sarei stato finalmente legittimato ad andare a dormire, scesi al piano di sotto per una tazza di latte d'orzo. Potrei definirla la perfetta bevanda di conforto per ogni gentiluomo single, ma la mia abitudine di bere latte d'orzo risale alla notte dei tempi. Pur nell'assenza di qualsivoglia prova empirica, ho maturato la convinzione che mi aiuti a dormire.

La cucina e la veranda erano estensioni della struttura originaria. Le mie si sviluppavano in parallelo a quelle della vicina, quindi riuscivamo a vedere l'uno nella casa dell'altra. Marius tendeva a dimenticarlo e ad andarsene in giro senza camicia. «Non importa,» gli dicevo, «Mrs. Peaberry apprezza la vista di avvenenti giovanotti nel loro ambiente naturale.» E ricordo, in modo ancora vivido nonostante il tempo, una sfumatura di verde azzurrognolo sulla parte interna del polso, un ricciolo rosso sulla gola.

Nell'edificio di fronte, le luci erano accese. Vidi Mrs. Peaberry con il suo bollitore e la salutai con la mano attraverso i vetri di due finestre e un temporale.

In realtà, ci auguravamo sempre la buonanotte a quel modo. E anche il buongiorno. Era come se delimitassimo le nostre giornate con due fermalibri, per evitare che collassassero in un cumulo disordinato di tempo.

Quando mi ero trasferito lì con Marius, lei ci aveva dato il benvenuto. Quando lui era andato via, mi ero seduto sul suo pavimento a piangere. Immagino che avrei potuto chiamare uno qualunque dei nostri amici, ma era quello il problema: erano i *nostri* amici. Anche ora che è passato del tempo, quando mi capita d'incontrarli – che non è spesso quanto vorrei – ho la sensazione di essere *meno*. Meno di quel che ero quando stavo con lui.

Mrs. Peaberry prese la lavagna bianca su cui avrebbe dovuto appuntare i numeri di emergenza, scribacchiò qualcosa e la sollevò in modo che potessi vederla. Era difficile leggere attraverso la pioggia, ma mi sembrava dicesse: *«Che cazzo di tempo, eh?»*

Annuii e mimai con le labbra un: *«Tutto a posto?»*

Lei rispose con una scrollata di spalle.

Mi domandai se fosse preoccupata. Nel 2007 la sua casa era rimasta alluvionata, ma ai tempi suo marito era ancora vivo.

«Faccio un salto da te.» Per sbaglio, avevo pronunciato le parole ad alta voce. Nel silenzio della cucina, risuonarono estranee alle mie stesse orecchie.

Mrs. Peaberry mi mostrò una confezione di Hobnobs[2] – una Eva ottuagenaria con una mela dalla forma insolita –, e io feci un po' il buffone, fingendo di correre a prenderli.

Ogni tanto mi capita questa cosa strana quando sono alla finestra della cucina. È come se il mio corpo agisse di sua iniziativa, cercando di scherzare contro la mia volontà.

Indossai l'impermeabile e i miei ricercatissimi pantaloni da casa in tartan con sopra una maglietta ed esitai di fronte alla scarpiera semivuota. Non avevo nulla di adatto per quel tempo.

Quando ero all'università, avevo adottato un look borghese ma con una nota di ironia: grosse sciarpe, maglioni di lana lavorati ai ferri e tweed. Ma l'ironia era svanita prima dei trent'anni e ormai sembravo solo vecchio.

Cinque anni prima, in un negozio dell'usato, avevo scovato un paio di scintillanti stivali viola da cowboy. Credo stessi cercando di ritrovate la mia ironia – o forse qualcosa di completamente diverso –, ma senza troppa convinzione perché, nel preciso istante in cui Marius li aveva visti, avevo smesso di trovarli divertenti. Erano solo inappropriati e sopra le righe, e non mi ero mai più azzardato a indossarli.

Li infilai e sfidai la pioggia. Rimasi all'aperto per meno di un minuto, ma bastò a farmi approdare nell'ingresso di Mrs. Peaberry infreddolito e zuppo in modo imbarazzante.

Lei mi stava aspettando avvolta nel suo impermeabile, con un grande cappello giallo da pioggia calcato sulla testa.

Dissimulai un sorriso. «Somiglia a… quale dei due è il cane in *Wallace & Gromit*?»

---

[2] Nota marca inglese di biscotti all'avena

«Gromit,» rispose lei, prendendo il bastone da passeggio appeso al calorifero. «Coraggio, seguimi, Edwin.»

«Andiamo da qualche parte?»

«Al fiume.»

«Perché?»

«Per vedere quel che si riesce a vedere.»

«Non credo sia...» Saremmo finiti sui titoli dei quotidiani: "Pensionata e omosessuale trovati morti nel fiume: fatalità, tragedia, o rituale satanico finito male?" «Potrebbe essere pericoloso.»

«Sarà... un'avventura,» replicò lei con un luccichio negli occhi.

Suppongo di avere una sorta di... debole per alcune parole. In qualche modo mi accendono dentro una scintilla, trasformandomi in una miccia, ma non so mai quali siano finché qualcuno non le pronuncia. Una volta, in un giorno come tanti, Marius – con un atteggiamento insolitamente teatrale – si era proteso sul tavolo della caffetteria del museo d'arte moderna e aveva sussurrato che non vedeva l'ora di tornare a casa per possedermi. E io ero rimasto lì seduto, elettrizzato e languido, a fissarmi le mani, completamente devastato da una singola parola. Non credo se ne fosse accorto, perché non l'aveva mai più ripetuta, e io non sapevo come spiegargli l'effetto che aveva avuto su di me. O come chiedergli di dirla ancora.

Mi piace anche la parola *segreto*. Il modo in cui s'incardina su quella *r* centrale, come il coperchio di uno scrigno.

O *baccello*, col senso di protezione che trasmette.

E, ovviamente, anche *avventura* mi provoca una certa eccitazione. Non come *possedere*, ma mi stimola. Mi procura un lieve formicolio. Non so come – e tantomeno quando – Mrs. P. se ne sia resa conto, ma la sfrutta a suo vantaggio da allora. Falciare il suo prato è un'avventura. Cambiare una lampadina è un'avventura. Portare fuori il suo bidone dell'immondizia è un'avventura. O, forse, per entrambi è più semplice fingere che sia così, piuttosto che ammettere che lei non ha più la forza di fare tutte quelle cose.

Seguendo l'andatura, lenta ma instancabile, di Mrs. P., lottammo contro la pioggia sino alla fine della strada, guadando il sagrato della vecchia chiesa al tenue bagliore dei lampioni. Quando finalmente raggiungemmo il sentiero, l'oscurità era un pugno umido stretto intorno a noi.

Vivendo in città, è facile dimenticare quanto assoluta possa essere la notte.

Mrs. P. si fermò, il respiro affannoso nel vento. «Sono sicura ci sia un fiume da queste parti.»

«Un attimo... Vado a controllare.»

Continuai a farmi largo attraverso l'appiccicosa selva di foglie sospese sopra la mia testa, la ghiaia bagnata che scricchiolava sotto i tacchi dei miei stivali. Era un suono piuttosto allegro, in realtà: un assolo di batteria ribelle nella sinfonia della pioggia.

Un altro passo e i miei stivali si riempirono d'acqua, e io mi ritrovai zuppo sino alle ginocchia. Una scossa gelida e improvvisa, che mi mozzò il respiro e fece sussultare il mio cuore. «Credo di aver trovato il fiume,» urlai. «E non è dove dovrebbe essere.»

Una volta a casa, finita l'avventura, mi liberai dei miei stivali scintillanti, li misi ad asciugare sottosopra sul termosifone e mi sfilai di dosso i pantaloni del pigiama bagnati prima di rovinare la moquette.

Mi sforzai di non pensare a quanto ridicolo dovessi apparire, a gambe nude nell'ingresso, senza nessuno a ridere di me e a dare un senso a quel momento.

COME UN'ALLUVIONE – Alexis Hall

CAPITOLO 2
L'ingresso

È troppo angusto.

Ricorda intrichi di gomiti e cappotti, di scarpe e ginocchia, e impazienza e risate.

Ricorda i ritorni e le attese dei ritorni: lo sferragliare di una chiave, lo sbattere di una porta, passi lungo le scale. E ciao tesoro, *e* sono a casa, *e* mi sei mancato.

Ricorda quando tutto questo è cessato. Non il giorno, o l'istante – perché non ci sono mai un giorno o un istante precisi – ma il dolore pungente del rendersi conto che una routine ha ceduto il posto a un'altra.

Il giorno successivo, al lavoro, mentre fascicolavo lettere e ascoltavo la pioggia, mi imposi di non preoccuparmi. Fascicolare, dal latino *fasces* (dei mazzi di bastoni di legno legati con strisce di cuoio, che nell'antica Roma simboleggiavano il potere imperiale) e poi da *fasciculus*, ovvero parti di un'opera pubblicata in più volumi. La tecnica era stata inventata proprio a Oxford, negli anni Settanta, e rimane il regalo della città alla professione. È un metodo per conservare fogli volanti o materiali di una sola pagina senza danneggiarli: i documenti sono fissati da un unico lato su cartoncini da archivio, usando carta giapponese e colla di amido.

Mi piace la pulizia del procedimento.

A ora di pranzo, la rete traboccava di notizie sull'alluvione. L'*Oxford Mail* aveva cominciato a tenere un blog in tempo reale dell'evento, pubblicando per lo più gli aggiornamenti del servizio meteorologico nazionale e dell'Agenzia per l'ambiente, insieme ad alcune immagini di pozzanghere dall'aria moderatamente minacciosa. Poi erano arrivate le barriere di protezione «precauzionali», i dispiegamenti di sacchi di sabbia e i messaggi della protezione civile, che grossomodo dicevano di «monitorare il sito dell'Agenzia per l'ambiente, mettere in sicurezza le proprie case, aspettarsi delle interruzioni di corrente e non affogare.»

Per un po' avevo visto campeggiare un curioso refuso: *interiezioni* di corrente.

Nel pomeriggio, era arrivata una vera e propria inondazione di immagini. In senso metaforico. Auto che si facevano strada tra rivoli di fango. Abitazioni già parzialmente allagate. I soliti scatti artistici di raggi di sole che si riflettevano su corsi d'acqua appena formati.

Misi via le mie cose, tolsi i guanti e il camice da lavoro, e mi affrettai a tornare a casa, superando gli ingorghi d'auto, le luci dei freni che si confondevano sulla pietra dorata.

Non vidi nessun segno dell'alluvione sino a quando, all'improvviso, non mi resi conto che il parco del college di Christ Church si era trasformato in un lago e che i campi sportivi sul lato opposto della strada erano un ribollire di acqua grigio-verdastra.

All'inizio, la via di casa sembrava tranquilla: solo qualche porta d'ingresso barricata con sacchi di sabbia qua e là. Ma in fondo c'erano un paio di autocarri, i motori che rombavano, e svariati gruppetti di operai dalle giacche gialle. Qualsiasi cosa stesse succedendo, non aveva proprio attratto una folla – gli inglesi non fanno certe cose —, ma diverse persone dovevano essersi accidentalmente trovate a passare da quelle parti mentre

11

si occupavano degli affari propri.

Ero incuriosito. E un po' preoccupato.

Ma non mi piace la confusione e non sono molto a mio agio con gli estranei.

Com'era prevedibile, Mrs. P. sapeva quel che c'era da sapere. «Stanno tirando su delle barriere anti-inondazione e ci sono i volontari della protezione civile.»

Non avevo idea di che significasse, ma sembrava ci avessero spedito un manipolo di boy scout che tentavano di guadagnarsi una medaglia al valore. «Sarà meglio che vada a chiedere dei sacchi di sabbia.»

La mia vicina picchiò il bastone contro il suo gradino d'ingresso, come un'adolescente che batteva nervosamente a terra la punta della scarpa. «Ho deciso di non darmi troppa pena, quest'anno.»

«Mmm.» Sospettavo fosse un tentativo di risparmiarmi delle seccature.

«Non dopo quello che è successo la volta scorsa. Quegli idioti hanno fatto dei mucchi così alti che non riuscivo più a uscire di casa. E quando mi sono lamentata, hanno detto che ero vulnerabile. Gli ho risposto che non ero vulnerabile, ero furente.»

Avevamo avuto un'allerta inondazione nel 2009, poco dopo il nostro trasloco, poco prima che Marius se ne andasse. Ricordavo di aver guidato sino al parcheggio di interscambio di Redbridge per prendere i sacchi di sabbia. Per qualche motivo, non avevamo pensato di tenerli da parte.

Forse stavamo segretamente sperando di imbarcarci in un'altra avventura.

Perché, ora che ci riflettevo, l'intera faccenda aveva assunto i contorni di un'avventura. Un'avventura un po' surreale, che aveva avuto come protagonista un cumulo di sabbia in un parcheggio. Avremmo dovuto approfittarne per fare dei castelli, già che c'eravamo.

In fondo, eravamo bravi a costruire cose con la sabbia.

Intanto la pioggia si era fermata, lasciando il posto a una serata dall'aria umida e pesante. Camminai sino in fondo alla strada, chiedendomi come avrei fatto a raggiungere la zona di carico senza la macchina. Marius aveva preso la nostra nel corso di un'iniqua divisione dei beni. Valutai l'idea di chiamare un taxi, ma le strade erano tutte bloccate dal traffico, e dubitavo che un tassista mi avrebbe permesso di riempirgli il portabagagli di sacchi di sabbia.

Avevo letto qualcosa sul blog a proposito di alcune scorte di sabbia extra consegnate al pub locale, così decisi di fare un tentativo lì, prima. Era a soli dieci minuti a piedi lungo la strada, superate le macchine e gli autobus bloccati, ma anche se le porte erano aperte e le luci accese, il locale era deserto. Era un po' inquietante trovarsi da solo in uno spazio concepito per tante persone.

Non essendo abbastanza audace da urlare un «salve», tossii.

Potrà sembrare assurdo, ma l'eco della mia voce mi fa sempre sentire in qualche modo... separato da me stesso, e mi imbarazza.

Nessuna risposta. Solo il vuoto rimbombo del mio colpo di tosse.

Mi avventurai tra tavoli e sedie inutilizzati, approdando nel cortile interno, dove un cartello scritto a mano mi comunicò che i sacchi erano esauriti.

Uscito dal pub, lanciai un'occhiata alla strada davanti a me, cercando di capire quanto ci avrei messo ad arrivare sino a Redbridge e quante volte avrei dovuto ripetere il tragitto. Calcolando un'ora per viaggio e una decina di sacchi per casa, si trattava di una notte di lavoro e di una trentina di chilometri a piedi.

Sconfitto, tornai indietro.

Qualunque cosa stessero facendo i responsabili della protezione civile, era ancora in corso. Alcuni dei miei vicini erano usciti dalle loro abitazioni e stavano tirando su delle barriere di plastica.

Il senso d'impotenza mi montò dentro come una marea d'acqua sporca. *Detestavo* l'intera situazione.

La vita era sempre piena di asperità: piccole sfide e ambizioni che ti scorticavano a sangue, ricordandoti che eri vulnerabile e solo.

E senza una dannatissima macchina.

Gettai un altro sguardo agli uomini nelle loro giacche sgargianti. Sentivo il tono brusco e autorevole delle loro voci al di sopra del ronzio dei furgoni e del clangore del metallo.

Se avessi provato a parlare con loro, o a chiedere aiuto, avrebbero potuto ridere di me. E le parole mi si sarebbero incollate alla lingua, lottando maldestramente per liberarsi. Ammesso che ci riuscissero.

Ma che alternative avevo? Lasciare che la casa della mia anziana (e invulnerabile) vicina fosse inondata?

La via del ritorno mi sembrò infinita. I passi pesanti come macigni. Più mi avvicinavo, più le luci si facevano spietate, le voci alte, le facce di tutti quegli sconosciuti che si confondevano in uno spaventoso collage.

A un tratto, calò il silenzio. E, in qualche modo, fu persino peggiore del rumore. Un drago dalle fauci spalancate che attendeva che parlassi per divorarmi.

Deglutii a vuoto. Mi torsi le dita. Fissai il vuoto.

Chiamai a raccolta. . . qualunque cosa. Coraggio. Sfrontatezza. Disperazione.

Parlai. «Quindi non ci sono più sacchi di sabbia.

Sino a che punto siamo f-fregati?»

«Come sarebbe?» disse qualcuno, il tono lento e pigro, gocce di melassa e vocali piatte. «Niente sacchi di sabbia?»

«Al pub. Il blog. Diceva che c'erano dei sacchi di sabbia. Al pub. Non ne ho trovati. Quindi, se arriverà l'inondazione... s-siamo fregati?»

«Abbiamo fatto arrivare quaranta tonnellate di sabbia a Redbridge qualche ora fa.»

«Io... non ho la macchina. Non posso...»

«Abbiamo qualche sacco sul retro del camion. Puoi prendere quelli.»

Senza parole. La mente vuota. Un unico pensiero: *non può essere così facile*. «Davvero?»

Una risata. Ma non scortese. «Certo.»

Alla fine riuscii a guardarlo, a collegare la voce a un viso, a congiungerle per ottenere la figura di una persona. Un'altezza imbarazzante e delle membra sgraziate disordinatamente costrette in pantaloni impermeabili e galosce arancioni. Mi diede le spalle e cominciò a sganciare i pannelli laterali del furgone.

Rimasi a osservare la sua nuca e i suoi capelli, che erano spettinati come quelli di uno scolaretto. Solo una persona dall'animo caritatevole avrebbe potuto definirli rossi: erano arancioni, color carota, ruggine, marmellata, e risplendevano come un semaforo giallo che ti sfidava a tentare la sorte e ad attraversare di corsa.

«Possiamo ammucchiarli qui. Vero, ragazzi?»

Cenni d'assenso, mormorii di approvazione. A nessuno sembrava importare.

«Grazie,» dissi coraggiosamente – le sillabe che scivolavano dalla mia bocca con facilità, come biglie –, provando un segreto e patetico impeto d'orgoglio. Avevo parlato a degli estranei.

15

L'uomo doveva avermi sorpreso a fissarlo. I suoi occhi erano del più comune e intenso dei marroni, terra bagnata, quasi privi di luce.

Prima che avessi il tempo di rendermene conto, mi scaricò tra le braccia un sacco di sabbia. Fu come tentare di afferrare un cucciolo di balena. Esalai un brusco respiro e lo strinsi forte, riuscendo a stento a evitare che cadesse a terra.

L'uomo sorrise, denti e fossette e lentiggini che si muovevano come granelli di polvere in un raggio di sole. «*Ayup*, petalo.»

Oh.

Ayup, dal norreno *se upp*, attento, o alza lo sguardo. In genere utilizzato come forma di saluto.

Petalo, molto probabilmente latino post-classico. Al semplice ricordo, scivolando tra le consonanti, la mia lingua avvertì la dolcezza delle vocali.

Mi allontanai da lui, lottando con la mia balena e cercando di non fare la figura del cretino. Quando la depositai sulla soglia della porta di Mrs. P., sentii dei passi pesanti alle mie spalle, ed eccolo lì, un sacco di sabbia che penzolava da ciascuna mano.

«Vanno messi qui?»

Desideravo guardarlo con tutto me stesso. «Non occorre che… posso… è casa della mia vicina.»

La porta si aprì all'improvviso. «Puoi scommetterci che è casa mia, e non sono vulnerabile. Non voglio essere sommersa di sabbia sino alle orecchie.»

Un leggero tonfo, segno che l'uomo aveva lasciato cadere i sacchi a terra. Mi chiesi se le stesse sorridendo. «Li sto solo scaricando.»

Mrs. P. lo guardò con un superbo sdegno. «Ah, e così è tutto qui? Il grandioso piano di sicurezza per la gestione delle alluvioni di Oxford. Un uomo e un po' di

16

sabbia.»

Non sapevo che dire. Temevo che lo sconosciuto potesse sentirsi offeso o ferito o, peggio, che se ne sarebbe infischiato. Perché era un estraneo e non poteva sapere. Avrebbe visto Mrs. P., quella donna simile a un guscio di noce con le mani nodose e le labbra sottili, e non avrebbe capito. Non avrebbe capito che era gentile e divertente e acuta, e che era importante.

Ma quando l'uomo parlò, nel suo tono trovai solo calore, profondo come la sua voce, e l'accenno roco e vellutato di una risata. Il genere di risata che preferivo, quella rivolta a nessuno in particolare. Una risata che era lì per il gusto di esserci, come la carezza di un amico, o di un amante.

«Ti sorprenderebbe scoprire cosa può fare un uomo con un po' di sabbia,» replicai io.

«Mpf.»

«Saremo qui ogni giorno per tutto il giorno. Per cui, se avete bisogno di qualcosa, fatecelo sapere.»

«Mpf.»

«E la cosa vale per tutti quelli che vivono in zona. Siamo qui per dare una mano.»

Lo sapevo. Sapevo che mi stava fissando. Ma non riuscii a ricambiare lo sguardo.

Oh.

«Grazie.»

Altre biglie. La *p* mi si era rivoltata contro in passato, quindi un *per favore* poteva essere rischioso, ma ero bravo con i *grazie*. Avrei potuto portare avanti un'intera conversazione solo con quelli.

Probabilmente lo sconosciuto pensava già che fossi un idiota, con o senza i miei *grazie* addomesticati. E probabilmente aveva ragione.

Fece per girarsi e tornare dal resto del gruppo. Ma

poi si fermò. «Sapete perché le case di questa strada non hanno seminterrati dotati di impianti di drenaggio?»

Io e la mia vicina scuotemmo la testa all'unisono. Mrs. P. non sembrava molto interessata all'argomento.

«Be', la faccenda è questa.» Incrociò le mani dietro la schiena, come uno scolaretto di un metro e novantacinque che recitava declinazioni in latino. «Se aveste tutti dei seminterrati dotati di un sistema di drenaggio e ci fosse un'alluvione, nessuno dovrebbe avere problemi. Se aveste tutti degli scantinati con un sistema di drenaggio e un paio di voi li usasse come semplici magazzini, nessuno dovrebbe avere problemi e un paio di furbetti avrebbero una cantina extra. Ma se tutti vogliono fare i furbi, nessuno si salva dall'alluvione.»

Mrs. P. lo fulminò con lo sguardo, ma io avevo capito dove stava andando a parare. Afferrai una parola e la sputai fuori. «Una tragedia.»

«Be'.» Lui assunse un'aria divertita. «Non la farei così drammatica. È solo una di quelle cose che…»

A volte, avrei tanto voluto prendermi a pugni da solo. «No.» Serrai i pugni. «La tragedia dei beni comuni[3].»

«Oh. Esatto. Sì. Proprio così.» Era come se gli avessi acceso una luce dentro. E all'improvviso mi resi conto che io avevo guardato lui e lui aveva guardato me per tutto il tempo. Quattro frasi complete. Quattro frasi complete a testa.

«Perché mi dice tutto questo?» domandò Mrs. P.

---

[3] In economia, per tragedia dei beni comuni, o collettivi, si intende una situazione in cui diversi individui utilizzano un bene comune per interessi propri e nella quale i diritti di proprietà non sono chiari e quindi non è garantito il fatto che chi trarrà benefici dall'uso della risorsa ne sosterrà anche i costi.

«Be', con i sacchi di sabbia è un po' la stessa cosa. Potrei rifilarvi un bel discorsetto su mattoni forati e coefficienti di flusso ma, in parole povere, se l'acqua entra in casa vostra, entrerà anche in quella dei vicini.»

Mrs P. sospirò. «Va bene, va bene, capisco il suo punto di vista. Ma, se sarò costretta a mangiarmi un braccio da sola come un coyote, vi farò causa.»

Vista la mia pericolosa tendenza a fissare quello sconosciuto in stivali di gomma, mi ero detto che avrei fatto meglio a rivolgere lo sguardo sul pavimento, o su un qualsiasi punto nel vuoto alla sua sinistra. Ma a quel punto, con cautela, lo spostai su Mrs. P. La mia amica. Pensai al tè, ai biscotti e alle domeniche pomeriggio — lei non era un estraneo la cui giovialità e gentilezza rappresentavano di per sé una minaccia — e tirai fuori le mie parole. Lentamente, sapendo che con Mrs. P. sarebbero state al sicuro.

«L'ultima volta che ho controllato, avevi abbastanza Hobnobs da sopravvivere a un inverno nucleare,» replicai.

«Una donna non può vivere di soli Hobnobs.»

«No, hai bisogno anche dei tuoi...» – *biscotti alla marmellata*– «Jammie Dodgers.»

Lei annuì. «E di proteine.»

Andai a recuperare un altro sacco di sabbia. Quel breve scambio di battute sarebbe dovuto servire a mettermi a mio agio, a rilassarmi. E così era stato. Ma sentivo un ronzio in testa e una pressione nel cranio.

No, hai bisogno anche tu dei Jammie Dodgers.

A Mrs. P. non piacevano nemmeno i Jammie Dodgers. Erano troppo appiccicosi per la sua dentiera.

Oh, Dio. Stavo scegliendo le parole da dire. Una tecnica che avevo imparato e che era diventata un'abitudine, che poi si era trasformata in un istinto

19

connaturato. Che in seguito avevo lottato disperatamente per eradicare.

E tutto a causa di…

Accidenti all'inconsapevole potere degli estranei.

E a me, che ero stupido, debole e vanesio. Nel più deleterio dei modi.

Una volta messi insieme abbastanza sacchi da erigere una barriera, l'uomo – la mia sin troppo cortese nemesi – si ripresentò, questa volta con un telone impermeabile da stendere a terra. Mi lanciò un'occhiata. «Sai come si fa?»

Avrei tanto voluto che la smettesse di guardarmi in quel modo. Era disinvolto. Ero sicuro che avrebbe guardato così chiunque. Ma mi faceva sentire così *presente*. Scossi la testa.

«C'è un segreto.» Mi sorrise. «Posso mostrartelo?»

Nessuno avrebbe potuto definirlo piacente – e le galosce arancio non erano d'aiuto – ma quando sorrideva? All'improvviso la bellezza perdeva d'importanza, contava solo il modo in cui la felicità sapeva tramutare il volto di un uomo. Non era nient'altro che una semplice dimostrazione di socievolezza, ma mi fece rendere conto di quanto tempo fosse trascorso dall'ultima volta che uno sconosciuto mi aveva sorriso. Di quanto tempo fosse trascorso dall'ultima volta in cui avevo avuto di fronte qualcuno a cui ricambiare un sorriso.

Così mi trovai ad annuire. *Sì, per favore, svelami un segreto.*

«Be', per prima cosa copri la porta d'ingresso…» Cominciò a sistemare i sacchi di sabbia, trascinandoli in giro finché non furono ben allineati.

«Che ne direbbe se, mentre lei sistema qui, io andassi a mettere su la teiera?» propose Mrs. P.

Lui alzò lo sguardo, ed ecco di nuovo quel suo grande e spontaneo sorriso. «Sarebbe fantastico.»

Poi mi mostrò come costruire un muro di difesa con i sacchi, come impilarli a piramide, come premerli bene a terra per creare una sorta di sigillo e come avvolgerli nei teli di plastica. A dire il vero, non sarebbe dovuta essere una cosa così interessante, ma la sua voce era avvolgente come una coperta e mi piaceva guardare le sue grandi mani nei guanti da lavoro, che spostavano i sacchi di qua e di là con rapida sicurezza.

Mi domandai come sarebbe stato…

No. Non mi stavo domandando niente del genere.

Mentre parlava, la gente si raccolse intorno a noi per guardare, ascoltare e fare domande. Successe così lentamente da sembrare quasi naturale, ma ben presto quasi tutti uscirono in strada, la luce che si riversava fuori dalle porte in pozzanghere dorate. Riconobbi la maggior parte dei miei vicini, di alcuni sapevo persino il nome, ma non li conoscevo *davvero*.

Quella sera c'era qualcosa di diverso. Qualcosa che era al contempo più profondo e più superficiale della semplice amicizia. Confidenza, forse, l'improvvisa consapevolezza che vivevamo le nostre piccole vite a compartimenti stagni gli uni vicini agli altri. Che avevamo qualcosa da condividere e qualcosa da perdere. Qualcosa da proteggere insieme.

In qualche modo, quell'uomo aveva fatto sì che lo comprendessimo. Che ce ne ricordassimo. E io lo vidi accadere: la catena che formammo per passarci i sacchi lungo la strada, la gente che faceva a turno per aiutare gli altri a costruire le loro barriere, le tazze di tè che venivano distribuite in giro. Anche i bambini erano usciti di casa e correvano di qua e di là, come se fosse una festa.

E forse lo era. Almeno per certi versi.

E lui era lì, al centro di tutto, non per controllare o impartire ordini, ma per essere partecipe, sempre sorridente e pronto ad aiutare. A suo agio senza il minimo sforzo.

Il suo accento non era marcato, ma era comunque inconfondibile nella sua rozza musicalità, e il mio orecchio non faceva altro che cercarlo. Credo stessi aspettando di sentirlo chiamare qualcun altro "petalo". Intercettai qualche "caro" e persino un "dolcezza", ma non ripeté mai la parola petalo. Eppure ero sicuro si trattasse di un suo tipico intercalare. Altrimenti perché si sarebbe rivolto a me in quel modo?

Dopo un po', mi ritirai nella cucina di Mrs. P. per aiutarla a preparare il tè. Avevo bisogno di fare qualcosa che non fosse stare fermo a guardare.

Dovevano essere circa le undici di sera quando ricominciò a piovere. All'inizio era solo una pioggerella che faceva risplendere la notte, ma via via si fece più battente, finché la gente non cominciò a disperdersi, scomparendo nelle proprie case.

Finii di lavare le stoviglie e solo allora mi resi conto che ero stato così impegnato a nascondermi, da dimenticare di mettere in sicurezza la mia di casa. Ero convinto che i sacchi fossero finiti, invece ne trovai un'ordinata fila ad aspettarmi davanti alla porta.

Mrs. P. mi aveva prestato uno dei suoi ombrelli, che agganciai alla piega del gomito mentre li sistemavo dovere. Ero intento a impilarli per formare una piramide, come mi era stato insegnato, quando la voce a cui avevo prestato orecchio per tutta la sera disse: «Non dimenticarti di pigiarli per bene.»

La pioggia gli colava addosso e i suoi capelli erano zuppi, letteralmente appiccicati alla testa. Il peso dell'acqua aveva li aveva privati della loro sfumatura dorata, facendogli assumere un colore rispettabile, un ordinario castano ramato.

Mi tirai su da dove ero acquattato e provai a poggiare un piede sul sacco. Barcollò, e di conseguenza barcollai anch'io, costringendo lo sconosciuto ad afferrarmi per un gomito.

Un semplice gesto di cortesia, rammentai a me stesso. Come il suo sorriso.

Ma era trascorso molto tempo anche dall'ultima volta in cui ero stato toccato da un estraneo.

Ci avevo provato. Quando Marius mi aveva lasciato, ci avevo provato. Ero andato nei club perché lì nessuno si aspettava di fare conversazione, e avevo trovato corpi che si muovevano contro il mio, ma mi era sembrato così privo di significato, un piacere arbitrario come note strimpellate su un pianoforte scordato da un uomo che non sapeva suonare.

Una volta, non essendomi allontanato a sufficienza da casa, avevo intravisto Marius. Mi era sembrato così… così…

Mi era sembrato felice.

Sfrontato e sorridente e pieno di vita, mentre io ero vuoto dentro.

Da allora non avevo messo più piede in un locale. Il sesso non era la risposta, qualunque cosa stessi cercando.

A volte non ero nemmeno sicuro di essere in cerca di qualcosa.

Non avrei saputo dire se fosse stato lui a lasciarmi andare o io a ritrarmi, una volta ritrovato l'equilibrio sul mio sacco. L'unica cosa che sapevo era che il calore della sua mano era svanito.

Lavorammo in silenzio per un paio di minuti, appiattendo la sabbia con i piedi, poi scendemmo per avvolgere i sacchi nei teli di plastica. Infine, lui si allontanò di qualche passo per studiare la nostra opera, dichiarandola "grandiosa".

A quel punto, la pioggia era ovunque tra di noi. Persino sulla punta delle sue ciglia.

E tutto quel che desideravo, in quel preciso istante, era dirgli qualcosa. Qualcosa di diverso da *sì*, o *no*, o *grazie*, o da qualche confuso pensiero che mi era sfuggito di bocca contro la mia volontà. «N-non credo di aver mai visto nessuno così compiaciuto per un mucchio di sabbia.»

O, in alternativa, potevo insultarlo senza alcun motivo.

Ma lui si limitò a scrollare le spalle, accennando un sorriso, come se quello fosse un intimo scherzo. «Sono un uomo semplice, che trae piacere dalle cose semplici.»

Ripensai a tutto ciò che aveva fatto quella sera, al modo in cui si era rivolto alla gente del quartiere, me incluso, e mi dissi che non c'era nulla di semplice in lui. «Come la sabbia e la tragedia dei beni comuni?»

«A quanto pare.»

Accidenti, Edwin. Fai...

Qualcosa. Qualsiasi cosa. «La tragedia dei beni comuni. C'entra la t-teoria dei giochi[4], vero?» domandai.

Due *t*, una vicina all'altra. Che cavolo mi era saltato in mente? E che modo brillante di iniziare una conversazione.

Lui si scrollò un po' d'acqua dai capelli. Vidi le gocce brillare per un istante prima di cadere. D'istinto, sollevai il braccio e piegai l'ombrello in modo che

---

[4] La teoria dei giochi è la scienza matematica che studia e analizza le decisioni individuali di un soggetto in situazioni di conflitto o interazione strategica con dei soggetti rivali, finalizzate al Massimo guadagno di ciascuna delle parti.

entrambi fossimo parzialmente coperti.

«*Aye*, è… una specie di hobby, suppongo. Be', non proprio un hobby. Non è che mi siedo intorno a un tavolo con i miei amici per uno sfrenato pomeriggio di pianificazione di strategie. È più un interesse.»

«Non so molto a riguardo, ma mi s-sembra un modo p-piuttosto astratto di vedere le cose.»

«Uhm?» Inclinò la testa, incuriosito, gli occhi fissi nei miei.

La sua attenzione. Dolce e intensa allo stesso tempo. Come una caramella all'orzo che potevo scartare e tenere in bocca. Un'inondazione di segreto piacere. Tutti i miei conoscenti sono abituati a me. Non credo mi trovino noioso – o almeno, lo spero – ma per loro sono come un abito per tutti i giorni, mentre lui mi faceva sentire come il vestito buono della domenica. «Be', quando mi trovo davanti al dilemma del prigioniero[5] m-mi chiedo sempre: *perché* le guardie si ostinano a offrire ai detenuti una scelta?»

Non era quello il punto, ovviamente. La mia era una domanda sciocca. Aspettai che me lo facesse notare.

«Be',» rispose lui in tono grave, «vedi, la prigione è su un'isola desolata e lontana dalla civiltà, ed è piena solo di gente che ha commesso dei crimini orrendi. Quindi, per tirare avanti, l'amministrazione tende ad adottare dei metodi poco ortodossi.»

Mi portai la mano libera alla bocca. Il sapore della pioggia sulle dita, qualcosa che somigliava a un sorriso. «C-credevo mi avresti detto che la mia interpretazione era troppo letterale.»

---

[5] Il dilemma del prigioniero è un gioco a informazione completa proposto negli anni Cinquanta da Albert Tucker come problema della teoria dei giochi.

«Non mi permetterei mai. Ma, riflettendoci bene, il patteggiamento non è forse una sorta di replica del dilemma del prigioniero?»

«Solo se vuoi vederla in modo ragionevole e razionale.»

«Mi dispiace.» Sorrise, i denti che rilucevano nel buio. «Sono un ingegnere. Non posso farne a meno.»

«Sul serio? T-ti hanno tolto la licenza?»

«Sì. E mi hanno costretto a passare il resto dei miei giorni a stabilire la perfetta distribuzione di monete d'oro all'interno di un gruppo di pirati fortemente gerarchizzato.»

Lo guardai sbattendo le palpebre. «N-non credo di sapere niente di questi pirati.»

«Oh, è solo…» Fece un vago gesto con la mano. «Un altro dilemma della teoria dei giochi. Hai mille monete d'oro e cinque pirati.»

«D-dobloni. Dobloni spagnoli.»

«Sì, certo, scusa. Dobloni spagnoli maledetti.»

«Aspetta, perché sono maledetti?»

«Perché così vuole la tradizione. E comunque i pirati non lo sanno: stanno solo cercando di spartirseli. Tra i pirati vige una ferrea gerarchia. Identificandoli con lettere dalla A alla E, le cose funzionano così: in qualità di più alto in grato, il pirata A…»

«T-tecnicamente, credo si tratti del capitano.» Che stavo facendo? In genere, non interrompevo mai la gente mentre parlava, perché sapevo quanto fosse irritante. Ma, a ogni mia impertinente intromissione, le fossette ai lati delle sue labbra si facevano più marcate. E io ero semi-ebbro del suo sorriso e del potere di dire cose capaci di stuzzicarlo. «E B p-probabilmente è il quartiermastro.»

«Non il primo ufficiale?»

«Nelle ciurme di p-pirati…» Oh, Dio. Troppe p una

dietro l'altra. «Il quartiermastro è il secondo in comando dopo il capitano. La figura del p-primo ufficiale c'è solo nella marina militare.»

Lui piegò la testa di lato. «Sai un mucchio di cose sui pirati.»

«Oh… ehm…» Chiusi la bocca prima di sciorinare un'altra sequenza di sillabe monche. Se non altro, l'oscurità nascondeva il mio rossore.

Forse ero *davvero* troppo infarcito di luoghi comuni sui pirati. Anche se la mia familiarità, a essere sinceri, era dettata per lo più dalla necessità di contestualizzare alcune fantasie sporche (nonché solitarie).

«Il capitano,» proseguì lui, beatamente ignaro della vera e perversa natura dei miei pensieri, «ha diritto di proporre una suddivisione delle monete. E tutti possono votare se accettarla o meno, incluso il capitano stesso, a cui spetta anche il voto decisivo.»

«Non mi sembra molto equo.»

I suoi occhi brillarono maliziosamente nel buio. «*Pirati*. Che altro puoi aspettarti?»

Giusta obiezione. Ineccepibile. Deglutii a vuoto.

«A ogni modo, se la proposta viene rifiutata, gli altri membri della ciurma possono gettare il capitano nelle acque infestate di squali dei Caraibi, e si ricomincia daccapo con il pirata B al comando.»

«Allora suppongo che…» Mi soffermai a riflettere per un istante. «… il capitano userà buona parte dell'oro per corrompere l'equipaggio.»

«Be', questo è quello che credi tu.» Stava di nuovo sorridendo. Avrebbe dovuto essere esasperato. «Invece può tenere per sé novantotto monete.»

«Ma come?»

«È, ehm, piuttosto noioso, in realtà. Devi ragionare al contrario, prendendo prima in esame la possibilità che tutti i pirati, eccetto D ed E, siano stati uccisi.»

Chiusi gli occhi e mi misi a ragionare. Se fossero rimasti in vita solo due pirati, il pirata D avrebbe potuto tenersi tutto il denaro. Il che significava che, se fossero sopravvissuti in tre, allora C avrebbe potuto corrompere E, perché E non avrebbe ottenuto nulla se fossero rimasti solo in due. E così via, risalendo l'intera gerarchia sino ad arrivare al capitano.

Riaprii gli occhi, pateticamente fiero di me stesso, determinato a sottoporre al suo cospetto le mie argomentazioni con un gesto plateale. Ma le occlusive erano disseminate di fronte a me come in un campo minato. Stavo già avendo le mie belle difficoltà con *pirata*. *Tangente* sarebbe stata proibitiva. Sarei rimasto impantanato nelle mie parole come fossero sabbie mobili, e lui sarebbe dovuto accorrere in mio soccorso. E avrei finito col serbargli rancore per questo.

«Il pirata A dà una moneta ai p-pirati C ed E, e si tiene il resto.» Non mi sentivo più fiero di me stesso. Solo piccolo e impacciato. «Ma nessuno farebbe un ragionamento così contorto.»

La sua risata si levò al cielo come fumo, svanendo troppo in fretta. «Forse avrei dovuto dirti cinque contabili.»

Oh, ma che stavo facendo? Stavo trattenendo quello gentile sconosciuto sotto la pioggia. Probabilmente era bagnato, infreddolito e stanco, e più tardi avrebbe raccontato quella storia a un amico o a un amante. Immaginai le sue grandi mani strette intorno a una tazza di tè: lo avrebbe preso forte e zuccherato... e il suo tono non sarebbe stato derisorio, solo educatamente sorpreso: *Volevo tornarmene a casa*, avrebbe detto, *ma quello svitato continuava a sottopormi tutti questi dilemmi della teoria dei giochi.* Poi avrebbe scosso la testa. *Suppongo si sentisse solo, o qualcosa di simile.*

«N-non vedo come questo potrebbe rendere la situazione meno astratta.» Detestavo il suono della mia voce: affettato e freddo. «Non dice nulla sul modo in cui la gente ragiona o prende decisioni nel mondo reale.»

«Non era il migliore degli esempi,» ammise lui, imbarazzato. E detestavo ancora di più l'idea di averlo fatto sentire così. «Ma puoi utilizzarlo come una sorta di set degli attrezzi per comprendere alcune cose riguardo a come funziona il mondo. Cose che mi farebbero diventar matto se non potessi dire: *"Ah, ecco che sta succedendo".*»

Pensai che eravamo semplicemente bloccati sul sottile confine della cortesia, in quel momento d'incertezza tra la sospensione delle normali regole della comunicazione e la loro riaffermazione. Ma invece di accennare qualcosa di provvidenzialmente vago, lasciandolo libero di andarsene e dimenticarsi di me, mi sentii chiedere: «C-che... ehm... genere di c-cose?»

Anche *cose* era una parola abbastanza insidiosa. Un'occlusiva velare sorda, seguita da una fricativa.

Il suo sorriso brillò nell'oscurità, luminoso come una falce di luna. «Le cose più stupide. Le più insignificanti, sai... come non trovare mai cucchiaini nella cucina dell'ufficio. Mi dava davvero fastidio essere il genere di persona che si innervosiva per sciocchezze del genere.»

«Be', è una cosa abbastanza seccante.» Soprattutto perché *io* stavo sempre ben attento a rimettere a posto il mio cucchiaino.

«Già,» convenne lui, e mi sentii profondamente toccato di condividere quel piccolo fastidio con qualcuno che a ogni parola mi sembrava più familiare. «Ma vale la pena riflettere sul *perché* accada.»

«Perché la g-gente è pessima?»

29

Scosse la testa in un finto gesto di disappunto. «Come ha fatto uno carino come te a diventare così cinico? La gente non è pessima. Prendere un cucchiaio non fa male a nessuno, a meno che non lo facciano tutti. Il problema è che *lo fanno* tutti.»

Ero interessato, affascinato, ma stavo anche facendo fatica a seguire quel che stava dicendo.

Invece, continuavo a pensare: *Carino*[6]?

Una parola dall'etimologia complessa. Aveva radici nel norvegese antico, nel basso tedesco, nell'olandese medio, nel dialetto parlato nella Mercia, una tale varietà di pronunce, di significati...

Quando frequentavo l'università a Londra, mi era stato concesso di prendere visione del manoscritto originale dei Mystery Plays[7] di York, custoditi alla British Library. Supporto: inchiostro su tela. Non avevo mai dimenticato la grafia marcata, con quei tratti discendenti e decisi che sfidavano il tempo, intervallati da sporadiche e sensuali curve. Avevo provato il desiderio di toccarlo, di far scorrere le dita sui contorni delle parole, allo stesso modo in cui si impara a conoscere il profilo della spina dorsale di un amante. Allo stesso modo in cui avevo imparato a conoscere Marius. In quel momento, mi tornarono alla mente con singolare chiarezza i versi: «*he schall, and he haue liff / Proue till a praty swayne*[8].» Quanta armonia: il sibilo delle *s*, le linee sinuose delle *y*, la perfetta

---

[6] L'etimologia è riferita al corrispettivo inglese "pretty".

[7] Testi teatrali di argomento biblico molto popolari in Inghilterra tra il XIII e il XIV secolo.

[8] Il verso si colloca all'interno della rappresentazione che narra la visita di un Gesù ancora bambino al Tempio di Gerusalemme. Dopo aver discusso con lui, uno dei maestri, stupito dalla sua sapienza, commenta: "se fosse sopravvissuto, sarebbe divenuto un uomo straordinario".

sicurezza con cui erano tracciate le lettere.

E – oh, Cielo – all'improvviso l'unica cosa a cui riuscivo a pensare era un corpo diverso sotto le mie mani. Lunghi fianchi e lentiggini e... cucchiai. Stavamo parlando di cucchiai. «Be', ha poca importanza che il gesto sia fatto o meno con malizia, se non hai nulla con cui mescolare il caffè.»

«Forse no. Ma, invece di irritarmi, dico a me stesso... okay... va bene... è tutta questione di capire le persone, le dinamiche di gruppo e gli incentivi. E ancora una volta si torna alla tragedia dei beni comuni.»

Restai a guardarlo. Quell'uomo sceglieva razionalmente di non prendersela con i suoi colleghi, laddove io sarei rimasto a ribollire di rabbia in silenzio, sorseggiando un tè non preparato a dovere. «M-ma, se il risultato finale è sempre zero cucchiai, il ritratto dell'umanità che ne viene fuori è comunque deprimente, non t-trovi?»

«Be', quella è la parte più interessante...» Si spolverò i guanti dalla sabbia, e i granelli danzarono nella pioggia come polvere d'oro. «Perché non rivela solo il problema, ma anche la soluzione.»

«Comprare più cucchiai?»

«No.» La luce tremante fece risplendere i suoi occhi come quelli di una tigre. «A meno che non ci siano molti più cucchiai che persone, sarà sempre più facile per tutti non rimettere a posto il proprio cucchiaio.»

«Quindi non c'è soluzione?»

«Niente affatto. Bisogna solo insegnare alla gente a pensare che per gli altri avere accesso ai cucchiai è importante tanto quanto lo è per loro.»

Mi sforzai di non fissarlo. Da dove era venuto fuori quell'uomo? Era solo il prodotto di un movimento casuale di atomi? O da qualche parte esisteva una divinità che, una mattina di circa trent'anni prima, si era svegliata e aveva detto: *"Ciò di cui l'universo ha bisogno in questo momento è qualcuno che rifletta a fondo sui cucchiai"*. «E come pensi di riuscirci?» domandai.

Lui scrollò le spalle. «Oh, petalo, succede di continuo. È per questo che non viviamo in quello che Hobbes definiva stato di natura. Le persone non vogliono ferirsi a vicenda, è solo che a volte se ne dimenticano. Ecco che significa essere una comunità. A ricordarci che siamo tutti legati. Prendi un cucchiaio e non lo restituisci perché temi che non lo troverai quando ne avrai bisogno. Ma a quel punto ti basterà pensare agli altri, e ti verrà spontaneo rimetterlo a posto.»

«Santo Cielo.» Non ero nemmeno sicuro di stare ancora scherzando. «Non mi approprierò mai più di un cucchiaio senza riflettere.»

Lui mi diede un piccolo colpo con la spalla. Un movimento così impercettibile che avrebbe anche potuto essere involontario. «Visto? Capisco perché la teoria dei giochi possa sembrarti strana e astratta, ma non è così. Alla fine tutto si riduce a ciò che conta per le persone.»

Qualcosa nella sua sincerità mi metteva stranamente a mio agio. Abbastanza da farmi diventare sfrontato. «S-stiamo ancora parlando di cucchiai?»

«E di relazioni.» Mi sorrise, lasciando che le parole restassero sospese tra di noi nella pioggia. Poi aggiunse: «È questo il valore dell'appartenere a una comunità, o a una famiglia, o a un gruppo di amici, o a una coppia: ti insegna a considerare come vittorie anche cose da cui non trai un beneficio diretto.»

Guardai lui —traboccavo di domande, di quesiti che non avevo alcun diritto di sottoporre a un uomo che conoscevo appena— e poi i sacchi di sabbia, perché sembrava più facile. «Scusa, ti sto trattenendo fuori sotto la pioggia.»

«Se l'idea di bagnarmi i piedi mi preoccupasse, avrei fatto davvero una pessima scelta di carriera. A questo proposito…» Si tolse i guanti da lavoro e mi porse la mano. «Piacere, Adam. Adam Dacre. Dell'Agenzia per l'ambiente.»

La strinsi. Era così calda. Avrei tanto voluto…

Si schiarì la gola.

Oh, che stavo facendo?

Lasciai andare la mano che avevo tenuto sin troppo a lungo, farfugliai qualcosa che avrebbe potuto essere un "buonanotte", ma che probabilmente non era altro che un'accozzaglia di sillabe, e fuggii dentro casa.

Lontano da Adam Dacre, dal suo sorriso spontaneo e dalle sue mani troppo calde. Dalla sua gentilezza, che per me era più pericolosa di qualsiasi forza della natura. Sapevo che si trattava solo di un vago senso di connessione, che l'attrazione che provavo per quell'affascinante sconosciuto era lieve come lo strattone della corda di un aquilone. Ma la verità era che non ero pronto per provare di nuovo certe emozioni.

Per raccogliere le ceneri del mio cuore e affidarle al vento della speranza.

CAPITOLO 3
La camera da letto

È un disastro.

Perché è meglio così. Lo aiuta a fingere che sia un posto diverso da quello che divideva ogni notte con Marius.

È una stanza piuttosto piccola, con un letto troppo grande.

Gli fa tornare in mente molte cose. Le loro mani strette insieme intorno alle sbarre d'ottone della testiera.

Ma soprattutto ricorda i momenti nell'oscurità, risvegliarsi in quella pozza di calore condiviso, scivolare nel sonno cullato dal respiro di un'altra persona.

Il giorno dopo aprii le tende e mi trovai di fronte una strada senza tracce di bagnato. Chiaramente ero sollevato, ma quella scoperta conferì alla notte passata i contorni sfumati di un sogno. Un'accurata preparazione per un evento che non aveva avuto luogo. Andai al lavoro come sempre, seppellendomi tra *ephemera* e fascicoli, e sforzandomi di non pensare a quanto mi fossi reso ridicolo solo perché un uomo gentile mi aveva sorriso, aveva parlato con me e mi aveva chiamato "petalo". Tuttavia, finii con l'andare via all'ora di pranzo, perché il blog che seguiva l'alluvione aveva postato la foto di un tizio che se ne andava in giro in kayak nei pressi di casa mia.

La cosa più strana di un'inondazione è la normalità di tutto il resto.

Il centro cittadino sonnecchiava in una foschia

grigia e dorata, come in un qualsiasi altro giorno d'inverno. C'erano un po' meno pedoni e un po' meno macchine in giro, ma i negozi erano tutti aperti e le strade asciutte. Fu solo quando mi diressi a sud, imboccando una traversa senza uscita e passando accanto a dei campi allagati e a un albergo che sembrava sorgere nel bel mezzo di un lago, che l'alluvione si fece di nuovo "reale". E, di colpo, ebbi la sensazione di aver messo piede in una silenziosa apocalisse.

È una cosa a cui, di tanto in tanto, mi capita di pensare: e se mi svegliassi e scoprissi che la civiltà è giunta al capolinea, lasciandosi dietro solo strade deserte e silenzio? Non voglio che accada, ovvio, ma mi domando cosa farei, come riuscirei a sopravvivere. Che effetto farebbe essere *davvero* soli, come sarebbe vedere la solitudine riflessa nell'intero paesaggio invece che solo su di me. Certo, ci sarebbe qualche sopravvissuto, perché non sono né abbastanza egoista né abbastanza coraggioso da uccidere tutti gli abitanti della Terra tranne me. A volte c'è qualcuno in particolare. Non ha caratteristiche definite nei miei sogni a occhi aperti. Non importa chi sia o che aspetto abbia, l'unica cosa che conta è che sia *lì* e che, in qualche modo, alla fine del mondo, riusciamo a trovarci.

Lo avevo raccontato a Marius. Lui aveva risposto, senza cattiveria, che ero strano.

Probabilmente aveva ragione.

In realtà, la strada in cui vivevo non si era trasformata in un lago navigabile come avevo temuto. Era in gran parte asciutta, anche se l'incrocio era sommerso dalle acque. Piccole onde s'infrangevano dolcemente contro i cumuli di sacchi di sabbia che si ergevano ai margini delle case d'angolo. Anche quella scena aveva un che di surreale: un'incursione silenziosa delle acque.

Adam e un paio dei suoi uomini stavano tirando su

delle barriere per chiudere la strada. Era un operoso turbinio di colore in quel mondo intorpidito. Ma non lo guardai. Non potevo. Mi sarei lasciato prendere dall'ansia e mi sarei visto con troppa durezza attraverso i suoi occhi, aggrappato alla sua mano nella pioggia, bramoso di sentire le sue parole, di ricevere i suoi sorrisi e di condividere i suoi pensieri, la sincerità e la passione di uno sconosciuto in un momento inaspettato.

Essendo le calzature più adatte alla pioggia che possedevo, avevo indossato i mei stivali da cowboy, e per tutta la mattina ero rimasto seduto al tavolo da lavoro, nascondendo i piedi alla vista, onde evitare che qualcuno li notasse e si lasciasse sfuggire un commento o una risata

Esitai per un istante sul marciapiede, chiedendomi quanto potesse essere profonda l'acqua.

Era la storia della mia vita: restare ai margini delle cose e preoccuparmi, quando invece non avrei dovuto far altro che affrontarle e lasciarmele alle spalle.

Mi arrotolai l'orlo dei pantaloni, mi addossai al muro della casa laddove l'inondazione sembrava più superficiale e avanzai con cautela. L'acqua mi lambì le punte dei piedi, poi il dorso, infine le caviglie. I miei stivali erano di sicuro più impermeabili di un paio di scarpe, ma non erano esattamente a prova di infiltrazioni. Rammentai a me stesso che il freddo e l'umiliazione non erano le cose peggiori del mondo.

Anche se, a essere sincero, ero un po' atterrito da entrambe.

Da qualche parte, alle mie spalle, giunse il rombo di un motore, e mi voltai appena in tempo per ritrovarmi inzuppato da una macchina di passaggio che attraversava l'acquitrino. Sussultai, scosso dal brivido improvviso e dallo sgradevole senso di terrore che ti pervadevano quando ti rendevi conto di esserti coperto di ridicolo.

«Ehi!» Adam scavalcò la sua barriera come l'impavido eroe di un film d'azione e guadò le acque andando dietro all'auto. «Ehi. Idiota. Fermati.»

Batté la mano sul paraurti finché il guidatore non si fermò e abbassò il finestrino. All'inizio non riuscii a capire granché di quello che si dissero, forse perché l'accento di Adam si era fatto più pesante, trasformandosi in un basso ruggito, ma carpii le parole "onda di prua", "pericoloso" e "imbecille". Il conducente ribatté con "non è mica un poliziotto", "affari suoi" e "avevo fretta".

Lanciai un'occhiata agli altri uomini. Stavano ridacchiando, fortunatamente non di me, ma di Adam. Non c'era scherno nel loro atteggiamento, solo un precoce accenno d'ilarità. Uno scherzo tra loro che non mi era dato di comprendere.

Un istante dopo, Adam si allontanò dalla vettura, le mani alzate in un gesto di resa, che, in realtà, lo fece apparire molto alto e tutt'altro che arrendevole. «Be', faccia come crede. Si rende conto che è sufficiente che l'acqua raggiunga i quindici centimetri perché venga risucchiata dal tubo di scarico o s'infiltri nella presa dell'aria? E se arriva al motore, si parla di almeno di cinquecento sterline di danno. E questo senza contare i pedoni e i ciclisti a cui rovinerà la giornata solo per attraversare una strada chiusa nel bel mezzo di un'inondazione.»

Il guidatore sospirò, allontanandosi dal finestrino e strizzando gli occhi per guardare in lontananza. «Be'… be'… quanto è profonda laggiù?»

«A occhio e croce? Direi… mmm… quindici centimetri.»

Il conducente si ritirò all'interno dell'abitacolo. Poi la macchina fece lentamente inversione di marcia e arrancò su per la strada da cui era arrivata.

Adam tornò indietro con passo baldanzoso, sfregandosi le mani. «Bene, un problema è risolto. Ora torniamo all'alluvione.»

Uno dei suoi colleghi scosse la testa. «Amico, chi diavolo sei, l'uomo che sussurrava alle teste di cazzo?»

«Preferirei non metterlo sul curriculum, se non ti dispiace.»

Cominciai ad allontanarmi, cercando di portare a termine la mia fuga, ma l'universo non aveva terminato di farsi beffe di me. Avvertii uno sciabordio e vidi Adam venirmi incontro, le lunghe gambe che lo aiutavano a muoversi con facilità in mezzo all'acqua. Alla luce del giorno e a distanza così ravvicinata, era implacabile: tutto sorrisi e lentiggini, la fiamma più sfolgorante e intensa che una falena potesse desiderare.

«Non sai che è pericoloso camminare nell'acqua torbida?»

Il ricordo del giorno precedente mi travolse, riempiendomi la bocca di silenzio. Finché non sputai fuori: «Oh, dovrei f-fare inversione e t-tornare indietro?»

Non era mia intenzione essere sgarbato. Era l'ultima cosa che volevo e che lui avrebbe meritato. Ma in quel momento era tutto lì, imbarazzo e sarcasmo, sfumature diverse di uno stesso spettro, e io ero un serpente del latte, inoffensivo nel suo travestimento rosso e nero.

Lui scrollò le spalle. «Posso portati in spalla.»

La parte peggiore era che riuscivo quasi a vedermi mentre ridevo aggrappato alla sua schiena. «Se c-camminare nell'acqua torbida è p-pericoloso, s-sono s-sicuro che portarmi in s-spalla s-sia…» – Dio, detestavo le *s* quel giorno – «… anche peggio.»

«Ma io sono un professionista, ricordi?»

«Del…» – Mi ci lanciai contro come un cavallo

selvaggio che correva verso un ostacolo troppo alto – «…portare la gente in spalla?»

E poi lui rise, ed ero stato io a farlo succedere. «Ho due sorelle più piccole, quindi suppongo di essere... un dilettante con una certa esperienza.»

«Io... non... non ho fratelli.»

«Sì, si capisce che sei figlio unico.»

Oh.

«Hai quell'aria un po' sognante,» si affrettò ad aggiungere. «E, credimi, non ti sei perso niente. L'inferno non conosce furia peggiore di una casa con due ragazze adolescenti.»

Sognante? Non mi ero sentito definire così molto spesso. Anche Marius mi aveva visto in quel modo prima di capire che si sbagliava?

Stavo ancora cercando qualcosa da dire, quando Adam mi toccò il gomito. «Avanti. Ti porto a casa, prima che ti faccia male.»

E fu allora che il mio corpo registrò qualcosa oltre alla lieve pressione delle sue dita delicate. Registrò il freddo e il bagnato. E cominciai a tremare.

«Vieni,» disse Adam, «metti i piedi dove li metto io.»

E io obbedii, muovendomi con cautela dietro di lui, i miei passi cullati dai suoi, da qualche parte sotto l'inondazione.

«Perché sorridi?» domandò Adam, gettando uno sguardo oltre la spalla e cogliendomi in flagrante.

«Niente. È solo che... mi sento una spia. O il protagonista di un film d'azione. Ci vorrebbe una c-colonna sonora.»

«Tu scherzi, ma quando il livello dell'acqua sale, può spingere qualche giovane coccodrillo fuori dai tombini e farlo arrivare alla strada.»

Lo fissai.

Lui sostenne lo sguardo.

«Ci... c-ci sono... S-sono sicuro che non ci siano coccodrilli in Inghilterra.»

La sua faccia non cambiò espressione.

«... Vero?» E poi vidi i suoi occhi tradirlo, brillando di malizia. Senza pensarci, gli assestai colpetto di gomito sul braccio, come se non fossi un disastro con gli estrani, come se fossimo amici. «Che b-bastardo. Ti prendi gioco di me solo perché hai l'aspetto di una persona affidabile.»

Lui chinò la testa, contrito, ma non gli credetti neppure per un attimo. «Sono mortificato, petalo.»

«E fai bene. Da bambino avevo il terrore dei coccodrilli.»

«Oh, davvero?»

«Ero convinto che vivessero sotto il mio letto e che se avessi allungato il piede, me lo avrebbero staccato con un morso. Così dormivo tutto raggomitolato. Lo faccio ancora, in realtà.» Oh, Dio. Sta' zitto. Sta' zitto. «Per abitudine, intendo, non per via dei coccodrilli. Non credo più che vivano sotto il mio letto.»

Lui rimase in silenzio per un po'. Poi, in tono vagamente accusatorio, disse: «Lo sai che è una cosa adorabile, vero?»

Inciampai sulla parola *adorabile*, incapace di trovare una risposta. Così tacqui e mi limitai a godere di quei pochi minuti in una pericolosa pozza di fango con un uomo che, forse, mi trovava adorabile.

E con buona probabilità anche ottuso. Stavo rispondendo col silenzio al suo. . . Oh, Dio. Non stava mica *flirtando* con me? Sembrava una parola del tutto inappropriata per descrivere quello che stava facendo; quelle piccole offerte di attenzione, i suoi pensieri che scivolavano nelle mie mani come una stecca di cioccolato passata di nascosto al parco giochi.

Non avevo mai dovuto affrontare quelle fragili insicurezze con Marius. *«Su, andiamo»*, erano state le prime parole che mi aveva rivolto, *«voglio farti un ritratto.»*

Il genere di frase che potevi permetterti di dire solo se eri uno splendido diciottenne con gli occhi neri e i capelli scarmigliati. Mi aveva preso per mano e mi aveva trascinato con sé lungo la scala a chiocciola che portava al suo appartamento con le pareti in legno di quercia disseminate di tele, e lì mi aveva ritratto. Tra le altre cose.

Una volta raggiunta la terraferma, lo sguardo di Adam si era posato sui miei stivali.

«Non sono proprio quello che mi sarei aspettato,» commentò.

«N-non ho trovato di meglio.»

«Ehi, non mi devi nessuna spiegazione.»

Abbassai gli occhi sui miei stivali, quegli sconosciuti ammantati di viola. «Sicuro?»

Lui biascicò qualcosa così piano che a stento riuscii a sentirlo. Credo lo avesse fatto di proposito, affinché guardassi di nuovo lui e i suoi occhi, e tutto il loro calore e la loro malizia.

«C-che hai detto?» Lui si limitò a sorridere. «Hai davvero canticchiato *"boot-scootin baby"*[9]?»

«Sì, l'ho fatto.» E non provava la minima vergogna. «E sono anche pronto a scommettere quanto vuoi che ricordi ancora i passi.»

Inutile a dirsi, aveva ragione. «B-be', sono gay ed ero un adolescente alla fine degli anni Novanta, sarebbe c-culturalmente e fisicamente impossibile non ricordare la coreografia di *5,6,7,8*.»

---

[9] Letteralmente "Il mio bambino dagli stivali scalpitanti!". È un verso della canzone *5,6,7,8* degli Steps

Lui rise, mimò una pistola con le dita, fece finta di puntarmela contro, e girò su se stesso agitando un lazo immaginario.

Per dirla con parole sue, non era proprio quello che mi sarei aspettato. Non da una persona adulta – almeno sulla carta –, e di sicuro non da un uomo in galosce arancioni. Non era affatto un bravo ballerino. Il suo corpo era stato concepito per andare in giro senza camicia e portare in giro balle di fieno sotto il sole cocente, più che per agitare goffamente i fianchi al ritmo pseudo-country di una canzone pop in una strada allagata di Oxford.

Eppure eccomi lì, completamene incantato dal fatto che lo stesse facendo comunque.

Arrivò al verso *"cowboy guy from head to toe"* – un cowboy da capo a piedi –, e si fermò. «Be', tu ti sei fermato ai piedi.»

«Già. Sono un c-cowboy solo in aree specifiche e localizzate.»

«È fondamentale mischiare gli stili.»

«Oh, sì. Sono un…» Avrei voluto dire un tipo tosto, ma quelle due *t* così vicine mi impensierivano. «A-anticonformista. Mischiare stili è la mia specialità.»

Lui sorrise. Gesù. Fossette. Mi sorpresi a domandarmi se ne avesse delle altre. Alla base della schiena. Sopra i fianchi. Il tutto ricoperto da una manciata di lentiggini.

«Comunque,» sputai fuori di getto, «t-tu che scusa hai?»

«Che scusa ho per cosa?»

«Per conoscere gli Steps.»

«Te l'ho detto, ho due sorelle.»

Oh.

Ed eccola di nuovo: quella malizia, che gli riempiva

42

lo sguardo di luce. «E, come hai detto tu, ero un adolescente gay negli anni novanta. Non avevo molta scelta.»

Oh.

«E poi, sono un estimatore del pop. Più è dozzinale, più mi piace. Se ci pensi, *5,6,7,8* è una sorta di *Gangnam Style* ante-litteram. Ruota tutto intorno al...»

Mimò di nuovo il lancio del lazo.

«Non lo farai davvero.»

E invece lo fece.

E ridere con lui, lì, sul marciapiede di fronte casa mia, fu un po' come morire. Come rendersi conto che non avrei mai più respirato allo stesso modo.

«Faresti meglio ad andare,» disse infine. «Fai una bella doccia e metti a lavare quei vestiti. Non hai ferite aperte, vero? E non hai ingoiato acqua stagnante?»

Fu allora che ricordai: era un uomo gentile e quello era il suo lavoro, e di colpo smisi di ridere. Non ero nessuno. E detestavo sia la sua gentilezza che il suo lavoro, perché somigliavano a qualcos'altro. Qualcosa che non erano.

Mettermi a flirtare. Ero patetico.

Così lo rassicurai, lo ringraziai, ed entrai in casa, dove feci la doccia e lavai i vestiti. La lavatrice sciabordava facendo da sottofondo a un nuovo scroscio di pioggia, e io rimasi sospeso in un luogo fuori dal tempo, abbandonato nel bel mezzo del pomeriggio.

Più tardi, quella sera, un leggero bussare alla porta e la visione indistinta di una giacca gialla al di là del vetro smerigliato strapparono al mio cuore un sussulto.

Ma non era lui.

La sua piccola task force stava andando di casa in casa, avvertendo tutti che, tra quella notte e l'indomani, l'inondazione si sarebbe estesa, perché era prevista un'esondazione del fiume. Al centro ricreativo di Blackbird Leys era stato approntato un rifugio d'emergenza, ma io non avevo voglia di andarci. E, dandomi una rapida occhiata intorno, capii che molti erano della mia stessa idea.

Per ogni evenienza, preparai un borsone come mi era stato chiesto di fare, tappai il water, staccai la corrente, il gas e l'acqua, e poi mi recai alla porta accanto per vedere cosa stesse combinando Mrs. P.

Si era rifiutata di preparare la valigia, ma aveva preso la precauzione di mettere sul fuoco un ultimo bollitore, così ci trovammo a bere il tè immersi in un'oscurità crescente, ascoltando la pioggia che continuava a cadere.

Una volta finito, portai di sopra alcune delle sue cose, ammucchiando tutto alla meno peggio.

«Oggetti di valore un accidenti,» la sentii borbottare. «Ho ottantadue anni, non posseggo oggetti di valore. Solo le cianfrusaglie di una vita.»

Sorrisi e pensai alla mia casa – troppo piena e troppo vuota di ricordi e cose –, e una parte di me si augurò che l'inondazione arrivasse a distruggere tutto, a spazzarlo via, costringendomi a ricominciare da capo. Una parte di me lo desiderava, ma per lo più ero terrorizzato.

Qualsiasi cosa avessimo fatto, non avrebbe fermato la pioggia o impedito al livello dell'acqua di salire, così accendemmo tutte le luci che riuscimmo a trovare, ci avvolgemmo nelle coperte e giocammo a cribbage. Mrs. P. mi fece il culo, come sempre.

«Quel come-si-chiama,» mormorò, «sembra un tipo a posto.»

A disagio, abbassai lo sguardo su ciò che avevo in mano, ovvero una serie di carte inutili. «Adam.»

«Mmm-mmm.» Poi, dopo un istante: «Edwin e Adam seduti sotto l'albero…»

Com'era prevedibile, persi il conto dei miei punti e lei me li soffiò. «S-stavamo solo parlando.»

«Gli stavi facendo gli occhi da pesce lesso.»

Probabilmente aveva ragione. Avvertii un calore pungente a fior di pelle, non avrei saputo dire se fossi arrabbiato o imbarazzato, o qualcosa di completamente diverso. «Questa non è una partita a poker, sai? I giochetti mentali non sono necessari.»

Mrs. P rimase in silenzio per un po'. Nel silenzio, il fruscio delle carte che venivano rimescolate ricordava un frullare d'ali.

«Perché mi stavi spiando?» chiesi.

«Non c'era niente alla TV.»

Le rivolsi uno sguardo in tralice.

«Oh, andiamo, Edwin, non ti stavo spiando. Non lo farei mai. È solo che ogni tanto mi preoccupo per te.»

«Non ho bisogno che ti prenda cura di me.»

«No, hai bisogno di un calcio nel sedere.» Le carte mi scivolarono dalle dita e lei ci si avventò sopra senza la minima esitazione o vergogna. «Ooh, ma hai dei Jack.»

«Non è l-leale guardare le carte dell'avversario.»

«Il cribbage è un gioco spietato.» Mrs. P. incrociò il mio sguardo in quel mescolarsi di luci e ombre. «Non volevo turbarti. Credo solo sia tempo che tu vada avanti.»

«Sono *già* andato avanti.»

«Ah, sì? Perché la mia impressione è che tu sia rimasto lì, impalato.»

Aveva ragione? Era davvero questo che stavo facendo da quando Marius mi aveva lasciato? «B-be', forse è un po' più complicato di come credi. Dieci anni con lo s-stesso uomo. Non è q-qualcosa che puoi s-semplicemente archiviare.»

«Lo so,» rispose lei con una gentilezza che mi colpì più di ogni altra cosa. «Me lo hai detto. Amore a prima vista. Insieme per l'eternità.» Allontanò il suo segnapunti dal mio, consolidando il suo considerevole vantaggio tanto da renderlo imbarazzante. «Ma niente è eterno, Edwin.»

Feci una smorfia nel ricordare ciò che avevo detto, tra il moccio e le lacrime, proprio lì, in quella stanza. All'epoca, avevo provato molta rabbia nei confronti di Marius per aver trasformato la vita che avevamo costruito in un mucchio di bugie e promesse infrante. «Che mi dici dei diamanti?»

Mrs. P. sorrise. «Non sono il massimo se sei in cerca di coccole. Non sto dicendo che devi sposare come-si-chiama. Solo di darti un'opportunità.»

«Che genere di opportunità?»

«Quella di stare con qualcuno.»

«M-mi piacerebbe,» sussurrai. «Ma se andasse allo stesso modo? S-se stare con me fosse impossibile?»

Lei alzò gli occhi al cielo. Le avevo confessato la mia più profonda e terribile paura e quello era il risultato. «Hai incontrato qualcuno, ti sei innamorato, ci sei stato insieme per un sacco di tempo e vi siete lasciati amichevolmente. Non mi pare una tragedia.»

«Non trovi che sia anche peggio? Farsi devastare da qualcosa che non è nemmeno una tragedia?»

«Ascolta…» disse lei con un sospiro, mettendo giù le carte. «Il punto è che… la vita è lunga. E all'inizio sembra persino più lunga. Hai conosciuto Marius all'università. Eri ancora molto giovane. Lo eravate entrambi. E ora hai trent'anni.»

«Trentuno, per la precisione.» Come se facesse qualche differenza. Come se quell'anno senza Marius, per qualche ragione, fosse ancora più significativo.

«Avete passato insieme un mucchio di tempo, attraversato un mucchio di cambiamenti, e a volte l'amore non cambia con te.»

Sbattei le palpebre. «E questo dovrebbe confortarmi?»

«Sto solo dicendo... che Marius ti amava a diciott'anni.»

«E io lo avrei amato per tutta la vita.»

«Avresti amato lui? O la persona che avevi conosciuto?»

Pensai a Marius. Al Marius pazzo, meraviglioso, così simile a un eroe byroniano, che aveva trovato ciò che voleva nella mia placida quotidianità. Finché non aveva cominciato a volere altro. Mi presi la testa tra le mani. «Oh, non lo so. Non capisco più dove finisce l'amore e comincia l'abitudine.»

«E chi lo sa?» Mrs. P. allungò il braccio e mi diede un buffetto sulla mano. «Ma devi permettere a qualcuno di innamorarsi della persona che sei adesso, Edwin.»

Dovevo aver risposto con un commento stupido o sprezzante, perché riprendemmo a giocare e, poco dopo, persi. Una volta tornato a casa, però, mentre brancolavo alla luce del cellulare in cerca di una torcia, non potei fare a meno di ripensare a ciò che Mrs. P. aveva detto e a cosa avrebbe potuto significare.

Permettere a qualcuno di amare l'uomo che Marius aveva lasciato.

CAPITOLO 4
La cucina

È stretta e lunga, come il vagone di un treno.
La luce è fioca, traccia scie d'oro su ripiani e pavimenti.
Un tempo, l'aveva riempita di piccoli sogni: due corpi che si sfioravano al passaggio, braccia che gli cingevano la vita, un mento sulla spalla mentre cucinava.
Ma anche di fantasie diverse – più urgenti, meno domestiche, che lo vedevano premuto contro la porta della dispensa o issato sulla lavatrice per essere preso in un impeto di calore e bisogno –, dolci come l'aroma delle spezie—coriandolo, timo e prezzemolo—che crescevano rigogliose sul davanzale.

Il mattino seguente fui svegliato dal brontolio dei motori e, quando scostai le tende, vidi che la strada era coperta da un sottile strato d'acqua scintillante. Indossai un paio di pantaloni e mi precipitai al piano di sotto, ma l'alluvione non aveva ancora causato grossi danni. I bordi dei miei sacchi di sabbia erano appena umidi. Chiamai in ufficio per avvertire che non sarei andato e scoprii di non essere l'unico. A quanto pareva, la chiusura delle strade aveva trasformato Oxford in una città fantasma. La verità è che gli inglesi vivono nell'attesa di queste blande emergenze metereologiche. Dopotutto, siamo una nazione che chiama un centimetro di neve una *bufera*. E non importa quanto ami il tuo lavoro, c'è qualcosa di irresistibile in un giorno rubato.

Senza riscaldamento, faceva freddo dentro casa, ma

mi avvolsi in un maglione, in un cardigan e in una coperta e mi accoccolai comodamente nel mio studio. Stavo lavorando su una prima edizione di *The Flora of Ashton-Under-Lyne and District* compilata dalla Società botanica linneana di Ashton-under-Lyne, che includeva anche una lista dei muschi del distretto a opera di Mr. J. Whitehead di Oldham. L'avevo trovata nel cesto delle offerte di un robivecchi, la copertina superiore parzialmente staccata e solo un frammento del dorso ancora intatto. Il commesso del negozio me l'aveva ceduta per novantanove centesimi, quasi sorpreso che la volessi sul serio.

Sono stato così fortunato che la vita mi ha permesso di trasformare il mio hobby in un lavoro, senza che però smettesse di essere anche un hobby. Un concetto che Marius capiva senza problemi quando si parlava d'arte. Tuttavia, non aveva mai visto l'arte in quel che facevo, né il quieto e profondo piacere che ne traevo. La sua natura lo portava a creare cose nuove e belle, la mia a riparare quelle perdute.

A volte mi domando cosa accadrebbe se qualcuno dovesse archiviare i miei averi. Che libreria insolita troverebbe. *Wandering in South Wales* di Roscoe (1845, rilegatura in tessuto), *The Survey Atlas of Scotland* (1912, J.G. Bartholomew, stampato in folio, rilegatura in tela marrone), *A Practical Discourse Concerning Death* (data di pubblicazione ignota, William Sherlock, rilegatura in pelle a filo refe), *Reminiscences of Michael Kelly, of the King's Theatre, and Theatre Royal Drury Lane, Vol. I* (1862, legatura in mezza pelle con piatti marmorizzati). Tutti questi libri dimenticati che ho trovato, accudito e risanato.

Avevo già rimosso buona parte delle legature laterali di *Flora* e mi apprestavo a sostituirle con della carta giapponese, fissando il tutto con colla d'amido. Poi riattaccai con cautela i piatti con del tessuto di cotone e creai un dorsetto con carta da pacchi senza acidi per garantire un maggior supporto. Non era la rilegatura originale, ma in quel modo il dorso sarebbe risultato più flessibile e meno incline a rompersi.

Quando sollevai di nuovo lo sguardo, avevo il torcicollo, era già pomeriggio inoltrato e qualcuno stava bussando alla porta. Mi affrettai ad aprire e mi trovai di fronte Adam, un paio di stivali di gomma in mano.

«*Ta-da!*»

Li guardai. Non avevano un bell'aspetto. Erano sciupati, consunti e sporchi di fango.

Il sorriso di Adam si spense leggermente. «Più ci rifletto e più ho l'impressione che possano essere percepiti come un insulto, piuttosto che come un regalo. Ehm. Vuoi i miei stivali di ricambio? Sono puliti. Più o meno. E con questi potrai camminare in mezzo all'acqua melmosa come un professionista.»

«Non ho mai conosciuto qualcuno che avesse degli stivali di gomma, figurarsi un paio di ricambio.»

«Sono una persona speciale.» Lo disse in tono asciutto, ma l'unica cosa che pensai fu: è vero.

«Hai avuto un pensiero molto gentile,» farfugliai, in un ridicolo impeto di educazione, «m-ma non posso accettare. E se ne avessi b-bisogno?»

«In realtà, sono il mio *terzo* paio di scorta. Li tengo sempre in macchina. Ne ho degli altri a casa.» Me li sventolò davanti con fare tentatore e non seppi davvero come rifiutare quel buffo – e premuroso – regalo.

«G-gr...» Cazzo. No, sul serio. Cazzo. Mi ero esercitato. Non meritavo che quel *grazie* mi si rivoltasse contro. «Grazie.»

Lui fece un cenno d'assenso. «Nessun problema.»

«Come p-procede l'inondazione?» domandai.

«Eh, procede, cosa che speravo di evitare, ma

vedremo come va. Senti, ehm...» Mi rivolse uno sguardo strano, assorto, che non riuscii a interpretare. «Posso farti una domanda?»

Colto alla sprovvista, risposi di getto. «Sì?»

«Perché non hai voluto dirmi il tuo nome, ieri?»

Ah.

Si scostò i capelli dagli occhi con il dorso della mano. «Non c'è nulla di male, eh. È solo che, in genere, quando un individuo – chiamiamolo individuo A – dice il suo nome a un altro individuo – che chiameremo B –, il soggetto in questione si sente in dovere di ricambiare la cortesia.»

Rimasi a fissarlo impotente, mentre le parole *"idiota, stupido idiota"* mi risuonavano in testa come colpi di martello.

«È solo una consuetudine, non un obbligo,» continuò lui con una scrollata di spalle. «Ma vorrei saperlo. Ci terrei molto a saperlo. Se hai voglia di dirmelo.»

Presi un respiro che sembrò eterno e lo lasciai andare di nuovo insieme a un flusso di parole. «No, be', certo, avrei v-voluto dirti il mio n-nome ma... ma vedi... non potevo.»

«Non potevi?»

«È riservato.» Feci una pausa. «Segreto governativo.»

«Capisco.»

«Oggi ho dovuto inoltrare una richiesta per ottenere una dispensa. Altrimenti avrei dovuto... be', sai... ucciderti.»

Lui annuì con aria grave. «Hai ottenuto la dispensa?»

«Sì, ho richiesto una procedura accelerata.»

«E?»

«Ehm, mi c-chiamo...» Misi in fila le lettere una dietro l'altra, paventando la *d* e la *w*, che negli ultimi tempi avevano deciso di crearmi qualche problema, ma determinato a non fare passi falsi. Non sarei inciampato sul mio cazzo di nome. «Edwin. Edwin Tully.»

Adam si protese verso di me, era così vicino che sentivo il suo respiro sul viso. «Non lo dirò ad anima viva.»

Pensare divenne difficile. Odorava di pulito, come la pioggia, ed era passato un sacco di tempo dall'ultima volta che qualcuno mi aveva guardato nel modo in cui mi stava guardando lui. O, forse, dall'ultima volta in cui *io* avevo permesso a qualcuno di guardarmi in quel modo. E magari si trattava di semplice gentilezza ma, se non avessi avuto il coraggio di scoprirlo, non sarebbe mai stata altro che quello. Gentilezza e un paio di stivali. «State... s-state per smontare per la sera?»

«Siamo qui ventiquattr'ore su ventiquattro, ricordi?» Sorrise e accennò uno scherzoso saluto militare. «Per servire e proteggere.»

«Sì, ma il *tuo* turno non può durare ventiquattr'ore.»

«No. Ma siamo in stato d'emergenza, e voglio continuare a monitorare il fiume.»

Courage. Inglese medievale, derivante dal francese antico: *corage*. Coraggio.

«E dopo? Ti... andrebbe di fare un salto qui? O p-pensi di essere troppo s-stanco?»

«Troppo stanco per vedere te? Mai, Edwin. Mi farebbe molto piacere.» Oh, il mio nome... Il mio nome aveva un suono così diverso quando era lui a pronunciarlo. «Ma non sarà troppo tardi? Le dieci va bene?»

«Af-fare f-ff...» *Cazzo.* «... Ci vediamo dopo.»

«A dopo.»

Chiusi la porta e tornai ai miei libri.

Adam arrivò che erano le dieci passate, ma aspettarlo non mi era dispiaciuto. Era un'attesa che aveva un obbiettivo, uno scopo, pertanto aveva un sapore diverso. Era un'attesa che danzava con me, e sulla mia pelle.

Il mio ingresso era un po' angusto per lui, che si era liberato degli stivali di gomma, dei gambali e del giubbotto catarifrangente, presentandosi con addosso dei jeans sdruciti e una maglietta di cotone verde. E, all'improvviso, quell'uomo audace e rozzo, illuminato dalla luce dorata delle candele, non mi sembrò affatto ridicolo.

«Posso offrirti qualcosa? Del tè o del caffè? Ho anche del malto d'orzo.»

Lui si mostrò colpito. «Hai un fornello da campo?»

«Delle candele sistemate sotto un vassoio da forno.» Mi schiarii la gola con finta modestia. «In puro stile MacGyver.»

«Oh, petalo. Una tazza di tè sarebbe il massimo.»

Il suo tono era pieno di gratitudine, e la mia offerta suonava piuttosto patetica considerata la giornata che doveva aver passato, ma ero felice di poter fare qualcosa.

Di avere qualcosa da offrire.

È quello che ho sempre desiderato, in realtà. Avere qualcuno a cui preparare il tè. Sapere come gli piace berlo, condividere un po' di tempo insieme alla fine di una giornata pesante, o di una giornata leggera, di una giornata buona o di una cattiva, e di tutte quelle in mezzo.

La sala da pranzo era adiacente alla cucina, così lo lasciai lì mentre portavo di nuovo a ebollizione il pentolino d'acqua che avevo precedentemente riscaldato. Avevo ancora metà della pagnotta preparata il giorno prima; era soffice e fragrante, così la affettai e la imburrai per servirla con il tè.

Adam era in piedi di fronte a uno dei miei scaffali e stava facendo scorrere una torcia sul dorso dei libri. «Collezione interessante.»

«Oh, n-non li leggo mica.» Allungai una mano, sfilai *The Various Contrivances by which Orchids are Fertilised by Insects* (1877, rilegatura in tessuto verde, titolo dorato) dal posto che occupava accanto ai suoi compagni e glielo porsi. «Roba affascinante.»

«E quindi, li tieni qui e basta?»

«L-li...» Non sapevo come spiegarlo. «Li trovo dai rigattieri, li riparo e poi li riporto dove li ho presi. A volte, se hanno delle storie, li tengo per me.»

Le sue mani si mossero delicatamente sul libro che gli avevo passato e provai un leggero brivido. «Che mi dici di questo?»

«Era molto rovinato, tanto per cominciare, così ho dovuto candeggiare e deacidificare tutte le pagine e poi rilegarlo. Mi ci sono voluti mesi.»

«Fai un lavoro incredibile, Edwin.»

Oh, cielo. Le sue lunghe dita seguirono il profilo delle lettere dorate sul dorso. Il tocco riverente ma sicuro. Immaginai la stoffa scaldarsi sotto i suoi palmi.

«Bellissimo,» mormorò.

Fui preso dal panico. «Ehm. Tè?»

Adam mise via il libro e insieme ci accomodammo al tavolo della sala da pranzo. Mi fece una strana sensazione. Faticavo a ricordare l'ultima volta che qualcuno aveva messo piede in casa mia.

Avevo trovato quel tavolo per caso, alla svendita di una fattoria, e lo avevo comprato senza pensarci due volte, suscitando lo stupore di Marius. Non era niente di speciale ma, proprio in virtù della sua semplicità, non avevo fatto fatica a immaginarlo in quella stanza luminosa e altrettanto essenziale. Avevo pensato che sarebbe potuto diventare il cuore di qualcosa. Tuttavia, scavando tra i ricordi, non ne trovai nessuno significativo. Il che lasciava solo quel momento, e Adam, che prendeva il tè con tanto zucchero e tanto latte, e se ne stava lì, tutto braccia e gomiti, completamente a suo agio. «Il pane è da leccarsi i baffi.»

«C-come?»

«Buonissimo,» chiarì, la bocca piena.

«Oh.» Quel complimento mi mise in imbarazzo. Avevo cominciato a impastare a mano il pane l'anno dopo che Marius era andato via. All'inizio era stato solo un modo per passare il tempo, ma poi ci avevo fatto l'abitudine. Ed ero diventato piuttosto bravo. E la casa sembrava diversa quando era pervasa dal profumo del pane appena sfornato. «A volte preparo anche il vino di fiori di s-sambuco. Non sempre con s-suc...» Dannazione. Brancolai in cerca di un'altra parola, ma un frammento della mia testardaggine ormai sopita si risvegliò, spingendomi a non mollare. «... Successo.»

«Raccogli i fiori personalmente?»

«Certo. È la parte migliore.» Vagare per i sentieri e le radure col sole appena sorto che mi scaldava la schiena. Le braccia colme di fiori color panna, punteggiati di polline dorato, che emanavano un intenso profumo d'estate.

«Ce ne sono un sacco nei cespugli vicino casa mia. Hai un cestino di vimini?»

«E un vestito a quadri.»

Lui rise, e a un tratto l'estate non mi sembrò più così lontana. «Mi auguro che tu non decida di allontanarti dal sentiero e di tagliare per i boschi.»

«Oh, il lupo cattivo non mi spaventa.»

«Ah, no?» I suoi occhi incrociarono i miei al di

sopra del tavolo. Erano occhi comuni – marroni, ordinari – ma avevano dentro una luce incrollabile. Come il nucleo di una fiamma.

«M-mia nonna era una persona terribile. Se un lupo l'avesse mangiata, m-molto probabilmente gli avrei gettato le braccia al collo.»

Adam inclinò la testa, come faceva sempre quando era incuriosito. «Hai avuto una nonna cattiva? Suona... piuttosto strano.»

«Non era cattiva, non davvero. Era il tipo di d-donna che avresti definito eccezionale. Non mi trovo molto bene a contatto con le persone eccezionali.»

«Come tutti, no? È difficile provare simpatia per qualcuno che è più interessato a farti una buona impressione che a metterti a tuo agio.»

«Era sopravvissuta ai bombardamenti della seconda guerra mondiale, mentre gran parte dei suoi conoscenti... ehm... non ce l'aveva fatta. Quindi puoi capire le sue ragioni.» Assunsi la posa del manifesto "Possiamo Farcela". «"N-non abbiamo b-battuto i tedeschi b-balbettandogli contro".» Rimasi in attesa di una risata come un cabarettista mediocre. Ma, quando non arrivò, provai... gratitudine. E uno strano senso di liberazione dalla responsabilità sociale di alleggerire sempre i toni. «Non faceva che ripetermi: "S-sputa il rospo, ragazzo". Non credo lo facesse con cattiveria, ma non mi piaceva.» L'avevo sempre vissuta come una violenza. Le mie parole trattate alla stregua di catarro.

Adam aveva un'espressione accigliata. «E i tuoi genitori non dicevano niente?»

«Non gliel'ho mai chiesto. Avevo troppo paura che... ehm... se lo avessi fatto, sarebbero stati d'accordo con lei. E non volevo costringere mia madre a fare il classico discorso "è un ragazzo molto sensibile", perché sapevo che mio padre non avrebbe gradito.»

«Oh, petalo.» Di norma rifuggivo la compassione — una lontana e ipocrita parente della pietà —, ma lo spontaneo conforto di Adam non m'infastidì. Non c'erano secondi fini nella sua comprensione. «La mia, invece, era una nonna da manuale,» proseguì. «Era come se avesse seguito un corso. Casa sua profumava sempre di torta. Di domenica pomeriggio ci portava al parco. E ci lasciava guardare tutto quello che volevamo alla TV, mentre lei lavorava a maglia.» Sospirò. «Certo, crescendo le cose si complicano. Quando cominci a interessarti di ingegneria invece che di papere e di giochi di società. Gli argomenti in comune scarseggiano, così restano solo l'affetto e i ricordi, ma non hai più nulla di nuovo da costruire.»

«Io credo sia bellissimo,» sputai fuori con impacciato entusiasmo. «Il modo in cui la fine della vita, in un certo senso, ti riporta al suo inizio. M-mi... mi piacerebbe diventare nonno.»

«Saresti perfetto.» Adam prese l'ultima fetta di pane e la divorò con un entusiasmo gratificante, lasciandosi persino sfuggire un suono che mi ricordò il Cookie Monster. «E te la cavi già alla grande con la cucina.»

Il suo apprezzamento mi mandò un po' in confusione. «È solo... una cosa che mi piace fare di tanto in tanto.»

«Come per i libri?»

«Be', quello è anche il mio l-lavoro. Sono un s-sovrintendente della B-biblioteca Bodleiana.»

«Stavo per chiedertelo...» Un altro sorriso. «Ma ho pensato che anche quella potesse essere un'informazione riservata. Avrei detto bibliotecario o medico, a giudicare dalle tue mani.»

«Le mie mani?»

«Già.» E, con mia grande sorpresa, lo vidi arrossire. «Sono... è il... il modo in cui le tieni.» Le osservai a lungo, in attesa di vedere quel ci vedeva lui. Ma niente da fare, erano sempre le stesse, non avevano nulla di magico o speciale. «Però ci sono andato vicino.»

«D-dal momento che non sono né un dottore né un bibliotecario, non ti sei avvicinato nemmeno un po'.»

Lui mi rivolse uno sguardo dolce e divertito. «Sei un *chirurgo dei libri*.»

E io mi trovai a ridere, perché era così bello parlare così, sorprendersi ed essere sorpresi. «P-potrei dartela per buona. C-che mi dici di te?»

«Sono un ingegnere civile. Ho passato gli ultimi anni nel consiglio per la gestione delle strategie di emergenza in caso di alluvione.» Si scostò una ciocca ribelle di capelli dalla fronte e intravidi uno sbaffo di burro luccicare alla base del pollice. Dio. «E, come puoi constatare tu stesso dal disastro in atto, ho fatto un lavoro eccellente.»

Non gli si addiceva, quella punta di amarezza, e avrei voluto succhiargliela via come veleno da una ferita. O forse volevo solo poggiare le labbra su di lui. Assaporare il fuoco della sua pelle. «Sta andando molto meglio della volta scorsa.»

Adam annuì. «Sì, ma meglio non è abbastanza. E comunque dubito che tu voglia sentirmi blaterare di misure di scurezza anti-inondazione.»

E invece volevo. Ero convinto che avrei potuto stare a sentire quella voce dalle vocali morbide parlare di qualunque cosa. Con un brivido di disagio, mi resi conto che mi ricordava Marius. Be', non proprio Marius – non si somigliavano affatto, né fisicamente né caratterialmente –, ma un periodo della mia vita con Marius in cui le parole erano state magiche e preziose. Ciascuna una piccola rivelazione. I primi tempi mi raccontava di tutto e io lo bevevo come vino, innamorato della sua sfrontatezza, della sua passione, del suo essere a suo agio con se stesso. Era così pieno d'eleganza, e io avevo sempre vissuto nella paura del ridicolo.

Col passare degli anni, i nostri argomenti di conversazione erano cambiati. All'inizio, *noi* era stato un incontro tra *lui* e *me*, un'unione quasi procreativa, ma col tempo era diventata un'identità a sé. *Noi* e *lui*. Lui aveva ammiratori e colleghi e critici della sua arte. Con me, aveva una casa e delle consuetudini: puoi comprare il latte, c'è da pagare la bolletta del gas, è il tuo turno di cucinare, non dimenticare il matrimonio di Max. Ma dov'ero *io?* C'ero mai stato?

Mi sforzai di offrire ad Adam un sorriso. «B-be', d-dubito che tu v-voglia sentirmi...» Non volevo usare l'espressione *blaterare*. Era così tipicamente sua che sarebbe stato come prendere in bocca la sua lingua. «...parlare per ore di conservazione libraria.»

Lui finì il suo tè e depose la tazza accanto al piatto vuoto. «Sì, che vorrei. È bello ascoltare qualcuno che parla delle cose a cui tiene.»

La pensavo allo stesso modo. Ma era strano – e non ero sicuro che mi piacesse – immaginarmi nei panni di chi parlava, piuttosto che in quelli di chi ascoltava. Mi faceva sentire vulnerabile. Ciononostante... fantasticai di parlare con Adam nello stesso modo in cui Marius aveva parlato con me, i suoi occhi scuri piantati nei miei, mentre... mentre *cosa?* Cianciavo di vecchi quotidiani, volantini, etichette per le casse da frutta e manifesti pubblicitari dei trasporti londinesi? Dei segreti che si celavano in duecento anni di biglietti di San Valentino: *To a bachelor with fondest love*, stampato in oro da Angus Thomas nel 1870.

59

«N-non credo che la conservazione libraria e gli *ephemera* s-siano argomenti che la maggior parte della gente troverebbe interessanti.»

«Gli *efe*... cosa?»

«Gli *ephemera*. Si tratta di tutti quei materiali scritti o stampati non destinati alla preservazione. Abbiamo u-una delle c-collezioni più vaste al mondo. Più di un milione e cinquecentomila pezzi.»

«Wow.» Adam sembrava piacevolmente colpito. «Ne ignoravo l'esistenza.»

Feci un cenno d'assenso col capo. «Ti... ti mostrano come la storia sia fatta anche da cose piccole e quotidiane. Il modo in cui la s-società rivela le sue ossessioni e i suoi pregiudizi anche attraverso dettagli insignificanti.»

Azzardai un'occhiata nella sua direzione. Aveva il mento appoggiato alla mano e mi stava guardando come avevo immaginato. Come se anche i miei dettagli insignificanti fossero degni di nota. «Hai un pezzo preferito?» domandò.

«Amo t-tutto quello su cui lavoro.» Era la verità, ma anche un tentativo di elusione. Volevo dargli qualcosa più di quello. Per quegli occhi e quei sorrisi, gli avrei dato tutto ciò che era importante per me. «Ho... trovato il v-volantino pubblicitario di un maiale sapiente una volta.»

Adam rise. «Mi stai prendendo in giro?»

«Al c-contrario di qualcuno che conosco,» replicai con uno sguardo eloquente, «non farei mai una cosa del genere. Toby, il maiale sapiente, ha fatto il suo debutto nel 1817, suscitando un grande clamore. Ha persino scritto la sua biografia.»

«È un documento che puoi mostrarmi? O è conservato in una cassaforte termoregolata o qualcosa di simile?»

«È ben custodito, ma è un p-pezzo di carta che parla di un maiale, non il tesoro della corona. Ed è anche stato digitalizzato, quindi puoi trovarlo on-line.»

«Credo che preferirei vederlo con te.»

Provai un'improvvisa vampata di calore a fior di pelle. Ero arrossito? Aveva chiesto di vedere un *ephemera*, non di possedermi sul tavolo del soggiorno. E fu allora che mi resi conto che aveva spostato la conversazione su di me, sulle mie passioni, con un'abilità e una naturalezza tali da non farmene rendere conto. Mi ero sempre ritenuto abile ad ascoltare, a sparire, a lasciare spazio agli altri. Era un potere unico. Eppure eccomi lì, detronizzato da un filosofo dei sacchi di sabbia, che ascoltava perché aveva voglia di farlo e non perché aveva paura di parlare.

«P-pp....» *Penso si possa fare*. Ma ero troppo teso e non riuscii a dire una parola. Nemmeno una. Quindi mi limitai ad annuire con slancio, come il cane di un cartone animato. «D-dovrei...»

Raccolsi le tazze e i piatti e li portai in cucina, così da non essere più costretto a guardare Adam, o i suoi ricci biondo rame che danzavano insieme alle lentiggini che gli coprivano gli avambracci.

Quando ebbi recuperato il controllo abbastanza da tornare indietro, lo trovai appoggiato allo schienale della sedia, la torcia che illuminava il gancio vuoto e il riquadro di muro impolverato che campeggiava sopra il camino. «Mi piace qui,» disse nell'imitazione poco convincente di un accento da BBC. «È così anticonvenzionale.»

Provai a ridere, ma la risata mi morì in gola. «Il... il mio ex era un artista. Ha p-portato con sé i suoi dipinti q-quando è andato via.»

«Oddio, scusa. Sono un idiota privo di tatto.»

«È t-tutto okay.»

«È una cosa recente?»

61

Scossi la testa. Il che, in qualche modo, peggiorò le cose. Avrei dovuto lasciar correre, dirgli che non aveva importanza e sorridere con noncuranza (una parola che non ero mai stato in grado di pronunciare); non starmene lì, inebetito e circondato da spazi vuoti sul muro, completamente *desolato*.

«Cos'è successo?» Porse la domanda con gentilezza, gli occhi pieni di una comprensione che non volevo, e mi trovai a pentirmi di non essere stato più parco d'informazioni in precedenza, così da poter ricorrere alla menzogna. Immaginai di rispondere, *Oh, è morto*, in tono nobile e malinconico. A quel punto, lui avrebbe potuto confortarmi e io sarei stato coraggioso e un po' dolente, non una persona che qualcuno non aveva voluto. Era una cosa orribile da pensare, ma la pensai comunque.

Mi misi a sedere, intrecciai ordinatamente le mani sul tavolo di fronte a me e dissi la verità. «Non è successo niente.»

Lui inclinò il capo, incuriosito.

«Si è solo... d-disinnamorato di me. O non mi amava più abbastanza. O forse non mi aveva mai amato davvero. O qualcosa del genere. Così è f-finita.»

«Oh, petalo.» La sua mano coprì la mia in un dispiego di dita lunghe e pelle screpolata. «Mi dispiace tanto.»

Ritrassi la mano. «Non è il caso.»

«Non è il caso di fare che? Di mostrarmi vagamente solidale?»

«N-non lo so. N-non so che reazione vorrei da parte della gente.»

«È comprensibile. A volte perdi qualcuno. Ed è uno schifo.»

Non riuscii a trovare nulla da dire. Non potevo più nascondermi ormai. Ero io e basta. Disincantato e poco attraente, con il mio pane, i miei libri e la mia storia incompiuta. «È solo un po' traumatico,» mormorai infine. «S-svegliarsi una mattina e scoprire che stai vivendo una vita del tutto diversa da quella che immaginavi.»

Le sue mani scivolarono di nuovo sul tavolo, e ancora una volta ritrassi le mie. «Ma non vuol dire che non abbia significato nulla.»

«Sì, invece. Ha distrutto ogni cosa con un singolo segreto.» Pensandoci bene, detestavo quella parola. La *r* era come un chiodo seghettato piantato in un muro, che aspettava solo di arpionati e strapparti la pelle. «E a volte vorrei che avesse continuato a mentire. Credevo f-fossimo felici. Che differenza c'è con la vera felicità?»

«Be' – da un punto di vista tecnico – probabilmente nessuna.»

«P-prego?» Pensai si stesse facendo beffe di me, ma non c'era traccia di ironia sul suo viso. A quanto potevo vedere in quella luce incerta, la sua espressione era quella di sempre: attenta, pensierosa, con una promessa di allegria nella curva delle labbra.

«I sentimenti esistono solo nella tua testa. Non sono sicuro si possa tracciare un confine netto tra pensare un sentimento, provare un sentimento, o anche solo avere dei sentimenti.» Scrollò le spalle. «Per farla breve: se pensi di essere felice, *sei* felice. Il problema è che tu pensavi lo foste entrambi, invece lui non pensava di esserlo.»

Annuii. Che potevo dire? Eccola lì: tutta verità sulla mia relazione distillata in un'unica frase.

«E non avresti voluto andare avanti in quel modo per sempre, vero?» aggiunse lui dolcemente. «Non avresti voluto che restasse, no?»

«A v-volte, quando mi sento molto solo, penso di sì, ma nel profondo so che non è vero. C-certo c-che...»

– e adesso erano le *c* a vendicarsi – «...no. Vorrei solo che... ci fosse dell'altro, capisci? Qualcosa di più... qualcosa di meno...»

Attese sin quando non fummo entrambi certi che avessi finito le parole, poi chiese: «Che vuoi dire?»

«Marius ha p-pianto quando mi confessato la verità. L'ho quasi odiato per questo, per avermi impedito di a-affibbiargli il ruolo del cattivo.» Oh, Dio, che stavo dicendo? Eppure continuai a parlare, rigurgitando quei sentimenti velenosi. «S-sarebbe stato più f-facile se avesse fatto qualcosa, s-se mi avesse tradito, se fosse andato a letto con qualcun altro.»

«Ne sei davvero convinto?»

Sospirai. «Non lo so. Forse no. Ma sarebbe stato il genere di finale a cui la vita ti p-prepara. Q-qualcosa di eclatante, non qualcosa di silenzioso come lo scatto di una porta che si chiude. E mi dispiace tanto. N-non volevo farti questo.»

«Che hai fatto di male?» Sfoderò un sorriso. «Mi hai parlato?»

«Ti ho parlato di questa cosa.»

Adam infilò una mano nella tasca dei jeans e tirò fuori il portafogli. «Ecco qua.»

Lo afferrai a mezz'aria quando lo lanciò. «Cos'è questo?»

«Il più grosso rimpianto della mia vita. Be', no, è il mio portafogli. Però aprilo.»

Nella tasca interna c'era una foto spiegazzata e sbiadita. Ritraeva un'angusta stradina con case a schiera ammassate l'una accanto all'altra, che si stagliavano contro un cielo plumbeo. Una donna, un ragazzino e due bambine più piccole se ne stavano in piedi sui gradini d'ingresso esibendo quei sorrisi un po' tesi, gli occhi ridotti a due fessure, che la gente sfoderava quasi sempre in presenza di una macchina fotografica. Era un ricordo ordinario, eppure intimo. Rivolsi ad Adam un sorriso, giusto un accenno. «Sembrate i Weasley.»

«Ehi. Mia madre è bionda.»

«Scusa.»

«Tranquillo, lo dicono tutti. Anche le mie sorelle sono due pel di carota, come mio padre. È stato lui a scattare la foto, ma è morto pochi mesi dopo. Attacco cardiaco.»

Fissai Adam, impotente, e poi il ragazzo dinoccolato dai capelli arancioni nella fotografia, con il suo buffo sorriso sdentato. «Oh.»

«Non è stato terribile come può sembrare. Avevo nove anni. Non ricordo granché di lui. Solo la sua assenza.» Si alzò con un gesto un po' repentino e venne dalla mia parte del tavolo, piegandosi su di me in modo che il suo calore e il suo profumo – un misto di sapore e pelle – mi si riversassero addosso. «Questa è Myfanwy,» disse puntando il dito su una delle bambine dai capelli rossi. «E Siobhan.»

«Uh?» Lo aveva pronunciato *Sioban*.

Si voltò appena nella mia direzione, sorridendo, le labbra che quasi mi sfioravano la guancia. «Già, detestava il suo nome. Diceva che era stupido e scritto nel modo sbagliato. Così, per prenderla in giro, la chiamavamo Sioban, ma alla fine le è rimasto attaccato addosso.»

«M-mi... dispiace per tuo p-padre. Deve essere stata dura crescere senza di lui.»

«Probabilmente è stata più dura per mia mamma, a essere sincero. È stata lei a dover mandare avanti la famiglia da sola. Ha fatto tre lavori sino a quando non ho compiuto sedici anni e ho potuto dare una mano.»

Non riuscii a impedirmelo, mi appoggiai contro di lui, solo un po', abbastanza da assorbire parte del suo calore e della sua forza, del cuore che mi aveva aperto quando gli avevo mostrato le ferie del mio. «Ma hai detto… che era il tuo più grosso rimpianto.»

«No, parlavo di Sioban. Non mi rivolge più la parola.»

«Perché?»

Cogliendomi alla sprovvista, si spostò di fianco a me e a sua volta mi si appoggiò contro, così che i nostri corpi trovassero un loro equilibrio, punti in cui toccare ed essere toccati. «Ho… commesso un sacco di errori crescendo. Ero convinto di essere l'uomo di casa o qualche stronzata simile. Credevo di dovermi far carico di tutte le responsabilità.»

«È comprensibile.»

«Può darsi. Ma l'amore, l'immaturità e la paura fanno di te un pessimo padre putativo.» Parlò in tono neutro, senza alcuna traccia di autocommiserazione, ma provai comunque un po' di dolore per lui. Per il ragazzo che aveva commesso degli sbagli e per l'uomo che aveva dovuto conviverci. «Miffy è andata avanti a testa bassa, ha ottenuto una borsa di studio e ha lasciato Stoke. È diventata avvocato, vive a Londra. Io e mamma la vediamo abbastanza spesso. Sembra felice. Realizzata.»

«Se è così, devi aver fatto qualcosa di giusto.»

«Dio, ci ho provato.» Un'antica amarezza gli spezzò la voce. «Ho provato con tutto me stesso. Forse ho esagerato. Continuo a pensare che, se avessi fatto le cose diversamente, se fossi stato un po' più maturo, o meno spaventato dal vuoto che si era creato nella mia famiglia, magari Sioban . . . Oh, è stupido, lo so che è stupido.»

«Be'… n-non è più stupido del mio cercare delle motivazioni per il fatto che Marius se ne sia andato.»

Percepii il suo cenno d'assenso, il fruscio dei suoi capelli contro la mia guancia. «La gente porta con sé i propri successi, il che è sacrosanto. Ma tende a lasciarti tutte le cose spiacevoli. Non che io passi le notti in piedi a congratularmi per il fatto che Miffy se la stia cavando. Passo le notti a rimuginare sulle cose che ho o *non* ho fatto per deludere Sioban sino a questo punto.»

Diedi un altro sguardo alla fotografia, all'altra ragazza, che si era girata all'ultimo momento utile, tramutandosi in un'indistinta macchia bianca e rossa, la fiamma di una candela agitata del vento. «Dov'è adesso?»

«L'ultima volta che l'ho vista è stata quando l'ho trascinata nella quinta clinica di riabilitazione.» Scrollò le spalle e il tremito si propagò dal suo corpo al mio. «Mi piace pensare che sia pulita e che viva da qualche parte con una famiglia tutta sua. O qualsiasi altra cosa la renda felice.»

«Adam…» dissi, la voce stretta dall'urgenza e da un disperato bisogno di essere ascoltato, «sai che non è colpa tua, vero? Non sei responsabile delle cose brutte come non lo sei delle belle. Le persone fanno le loro scelte.»

«Sì, lo so. Le persone fanno le loro scelte, e ogni tanto vanno via. E, quando succede, raccogliamo i pezzi del nostro cuore, andiamo avanti con la nostra vita e facciamo del nostro meglio, in attesa di vedere cosa accadrà.» Fece un sorriso storto. «Mi piace tenere sotto controllo i corsi d'acqua. Impedire che la gente si ritrovi la casa allagata. Mi fa sentire utile.»

Sorrisi di rimando, un sorriso al contempo sicuro e incerto, come lo era stato il suo. «E a me piace occuparmi di libri e documenti.»

Adam sostenne il mio sguardo. «La gente va e viene, sai?»

E fu allora che… guardai altrove, arrossendo vilmente, incapace di parlare. Non è che non avessi capito le sue intenzioni o quel che con tanta gentilezza mi stava offrendo, solo che il mio cuore era un animale pauroso che, cedendo all'istinto, si dava alla fuga all'ultimo momento.

Non volevo essere lasciato di nuovo.

Dopo un'istante o due, il silenzio che si dilatava facendosi pesante e stantio, Adam si schiarì la gola e si allontanò, portando con sé tutto il calore e la promessa di due corpi creati per incastrarsi in modo perfetto. «Ehm... è tardi... meglio che vada.»

«Vivi da queste parti?» Mi sentii chiedere stupidamente.

«A Deddington,» rispose e, notando la mia espressione vuota, aggiunse: «È a circa mezz'ora di macchina da qui, a nord. È carina. A parte il nome mortifero. Ma al momento alloggio al Travelodge. Perché gli ingegneri civili vivono nel lusso.»

Si passò una mano tra i capelli, fuoco che scivolava selvaggio tra le sue dita, e io rimasi a fissarlo, impotente e invidioso, domandandomi come sarebbe stato sentirli tra le mie dita. E mentre lo fissavo, lui si girò e sparì in corridoio. Avvertii un fruscio di stoffa e il rumore di una cerniera che veniva tirata su, segno che aveva indossato il giubbotto.

«Grazie per l'invito,» disse dall'ingresso. «Scusa se ti ho raccontato la storia della mia vita.»

Gli ultimi due giorni mi tornarono alla mente in un turbine. Adam, con i suoi sacchi di sabbia e la sua teoria dei giochi. La sua mano sul gomito. Le lentiggini e i sorrisi. I miei libri. Mrs. P. Marius. Sioban.

E quel momento.

Che era già passato, perché la porta si era chiusa e lui era andato via.

La quiete calò come polvere.

Immaginai scenari improbabili: corrergli dietro nella

notte, le parole che perdevano di senso mentre ci baciavamo sotto una pioggia torrenziale.

Ma non mi mossi.

Lo lasciai andare.

E questa volta era stata una mia scelta.

CAPITOLO 5
Il soggiorno

È in gran parte occupato dal divano.

Un ammasso di sontuosa morbidezza a forma di L che si estende su due pareti, spazioso in abbondanza per due, troppo per una persona sola.

Ricorda ancora la festa di inaugurazione della casa: gli amici ammassati lì, a ridere e a parlare. E le rare serate che Marius trascorreva a casa, mani calde sulle caviglie, la notte che si chiudeva su di loro.

Quella notte fu sferzata dalla pioggia, infiniti palpiti che mi risuonavano intorno. Il giorno dopo, la mia casa era inondata. Scesi al piano inferiore e trovai l'acqua che filtrava da sotto la porta, inzuppando il tappeto e lambendo i battiscopa, portando con sé un tanfo persistente di fango e bagnato.

La porta d'ingresso era gonfia e umida. Quando la aprii, emise un suono simile a un singhiozzo. Con il cappotto sopra il pigiama e gli stivali di Adam ai piedi, oltrepassai i sacchi di sabbia ingobbiti e fradici di pioggia, e mi trovai sulla strada allagata.

Mrs. P. impiegò un po' più del solito ad aprire la porta. Anche lei portava delle galosce di gomma, stava mangiando del muesli direttamente dalla confezione e sembrava di buon umore. In realtà, aveva tutta l'aria di stare meglio di me. Avevo cercato di affrontare con Marius il problema delle misure di sicurezza contro le inondazioni, ma lui si era sempre mostrato distratto. Credo che, sul momento, nessuno dei due si fosse reso conto di cosa significasse quella riluttanza, ma forse avrei dovuto capire che c'era qualcosa di profondamente sbagliato nel fatto che l'uomo che amavo e col quale convivevo fosse restio a discutere di come proteggere la casa che avevamo appena acquistato. Mrs. P., invece, aveva pavimenti in pietra e un pozzo di scarico con una pompa sommergibile in cucina. Era stata lei a volere la casa e Mr. P. aveva detto: «Be', se è quella giusta, faremo in modo che funzioni.» Così le inondazioni erano venute e andate, mentre loro avevano spostato i mobili, asciugato i pavimenti ed erano rimasti.

Per sempre, era quello il loro obiettivo.

«Il punto è che non pensi mai che un giorno dovrai morire,» mi aveva detto una volta Mrs. P. «Anche quando sei vecchio come me. Non credo in Dio, nel paradiso e in tutte quelle sciocchezze – sono il genere di cose di cui tendi a dimenticarti quando sei sopravvissuto a una guerra –, quindi non credo che lo rivedrò mai più. Ma, per certi versi, sarà bello non dover sentire più la sua mancanza quando tutto sarà finito.»

All'inizio, avevo sentito la mancanza di Marius. Ma cos'erano dieci anni in confronto a cinquanta? La brutalità della perdita si era trasformata in un dolore che si era attenuato, tramutandosi in qualcosa di diverso: la semplice consapevolezza dell'assenza, non necessariamente della persona in sé, ma della vita che mi ero illuso di avere.

«È tutto a posto?» domandai, esitando come un inetto sui gradini d'ingresso di Mrs. P. «Hai bisogno di niente?»

Lei prese un'altra manciata di muesli. «Vai pure, Edwin. È tutto a posto. Non c'è bisogno che ti preoccupi per me.»

«Non mi preoccupo. Miro ai tuoi cereali.»

Mrs. P. mi porse il pacchetto. «Come procede a casa tua?»

«Non… non bene come vorrei. Credo che l'acqua sarebbe dovuta rimanere all'esterno.»

«Devi togliere i tappeti.»

«Lo so.» Era solo che non avevo trovato la forza di… be', farlo. Non volevo che la mia casa – le mie cose – subissero danni, ma *a che scopo* proteggerle, se importava solo a me?

Salutai Mrs. P., estorcendole la promessa che mi avrebbe chiamato – o, se non altro, che avrebbe battuto dei colpi sul muro – se fosse successo qualcosa, e io sarei accorso sguazzando.

Per il momento, l'acqua aveva raggiunto solo l'ingresso. Camminai in punta di piedi intorno al tappeto, provando senza troppa convinzione a sollevarlo, non sapendo bene se stessi cercando di trovare un senso alle mie emozioni o di tenerle a bada. Dopo un istante o due, mi diressi in soggiorno e rimasi a fissare il divano.

Mi resi conto di quanto tempo fosse passato dall'ultima volta che avevo messo piede in quella stanza.

Era la *mia* casa, e avevo bandito me stesso da alcune parti di essa. C'era polvere sulla televisione e sulla mensola del camino. Spazi sul muro sugli scaffali dei dvd. Di Marius era rimasto solo quello: i posti in cui era solito stare.

Il divano era modulare. Il nostro… il mio – era sempre stato *mio*, anche quando ero convinto del contrario – acquisto più stravagante, e non avevo la minima intenzione di lasciare che un investimento di quella portata andasse distrutto in un'alluvione. Cominciai a togliere i cuscini, portandoli di sopra, al riparo, uno dopo l'altro. Poi smontai i vari pezzi e restai a guardare il puzzle che era rimasto. Quando avevo comprato quel dannato affare, avevo dato per scontato che saremmo stati in due a occuparcene.

Che non sarei stato da solo, la mia vita ridotta a un'ingestibile accozzaglia di pezzi.

Ero un bagno di sudore quando, a forza di spingere, trascinare e tirare, ricorrendo sia alle buone che alle cattive maniere, riuscii a trasportare parte del divano in corridoio. E poi, non so nemmeno perché, mi ritrovai a piangere. Disperazione, frustrazione, nostalgia e rabbia sedimentata: emozioni che sarebbero dovute essere stantie, ma che mi investirono fresche come il primo giorno di primavera. Lo spiraglio di speranza che avevo intravisto in quei giorni appariva troppo accecante e caldo quando il mio istinto mi suggeriva di guardare alle ombre che mi ero lasciato alle spalle. Oh, perché era così facile credere che Marius non mi volesse più e così difficile accettare che Adam, invece, potesse desiderarmi?

Ero seduto sul pavimento, a piangere con indecoroso abbandono, quando scorsi un guizzo di giallo oltre i pannelli di vetro della porta d'ingresso.

Sentii bussare.

E cazzo. Cazzo. Ero sicuro di essere visibile dall'esterno, quindi, anche se avessi fatto finta di non essere in casa o di non aver sentito, sarebbe stato tristemente evidente che in realtà c'ero e che avevo sentito. Mi asciugai le lacrime con i palmi delle mani e corsi ad aprire.

Era Adam, l'aria un po' stropicciata – ma non in un modo che, in altre circostanze, avrebbe innescato fantasie poco caste – e smunta. Mi preoccupava pensare a come dovevo apparire io ai suoi occhi: sudato, appiccicoso di lacrime, con gli occhi rossi e addosso i pantaloni del pigiama, gli stivali di gomma e la mia t-shirt con il dodo del Museo di storia naturale di Oxford.

Pietoso.

Probabilmente stava pensando: *"L'ho scampata bella"*. E aveva ragione. Cosa avrebbe dovuto farsene di me un uomo come Adam? Cosa avrebbe dovuto farsene di qualcuno che non era nemmeno capace di dire sì?

«Sono solo passato a controllare.» Era la prima volta che non incontrava il mio sguardo. Che non era venuto a cercarmi nel mio silenzio. Ed era troppo alto per starsene sulla soglia di casa mia, le spalle curvate in una posizione scomoda mentre si sforzava di non occupare tutto lo spazio. «Senti, lo so che non è il momento, ma volevo chiederti scusa per ieri sera. Non so a cosa stessi pensando. Forse non stavo pensando affatto, perché mi piace credere che, se il mio cervello fosse stato in funzione, non avrei risposto alla frase "Ho rotto da poco con il mio fidanzato" con un "Ehi, che ne dici di me?"»

«È s-st....»

«Ma, come dicevo, ero solo passato a controllare.» E quella fu la prima volta in cui mi interruppe. «Il livello dell'acqua sta continuando a salire, quindi dovresti tenere d'occhio le tue barriere protettive e prendere qualche precauzione, se non lo hai già fatto.»

«Grazie. Me la caverò.» La voce venne fuori un po' roca, ma ero soddisfatto della risposta.

Adam alzò la testa di scatto. «Edwin, stai bene?» Il suo sguardo scivolò lungo il mio collo e sulle mie clavicole, per poi fermarsi sul corridoio alle mie spalle. «Che stai combinando?»

«Stavo spostando il divano.»

«Da solo?»

Sbattei le palpebre. Avrei voluto replicare con qualcosa di terribilmente sarcastico per proteggermi dalla mortificante vulnerabilità di quelle due parole ma, per una volta, il problema era che non trovavo nulla da dire.

«Be',» si affrettò a dire lui, «mi pare evidente. Posso darti una mano?»

Uno stretto nodo di dolore mi serrò la gola. Colpa della sua dolcezza, della sua incrollabile empatia. E io le desideravo, così come desideravo le sue mani su di me: doni da parte di uno sconosciuto che non aveva alcuna ragione per elargirli. «N-non ho bisogno del tuo aiuto.»

«Se lo facciamo insieme, non ci vorranno più di due minuti. Sono qui per questo.»

«N-non è per questo che sei qui.» La rabbia accorse in mio aiuto, spiazzandomi con la sua subitaneità, con la sua mera presenza. «N-non sei qui per aiutare me.»

I suoi occhi si spalancarono in un'espressione di sorpresa. «Non è questo che in…»

«No. N-non sono il tuo f-ff…» Non sarei inciampato su una fottuta imprecazione, «… *fottuto* progetto di beneficienza. N-non sei obbligato a fare il carino con me.»

«Edwin, è davvero questo che pensi?» Sembrava sinceramente scioccato. Disperatamente impotente. «È solo che… mi piaci.»

Chiusi la porta.

Mi accovacciai sul tappeto rovinato e ricominciai a piangere.

Perché Marius mi aveva lasciato. Perché la mia casa era allagata. E perché l'universo mi aveva servito un uomo fantastico su un piatto d'argento, proprio quando mi sentivo meno degno di averlo.

Non ero pronto.

Un altro giorno, un'altra settimana, un altro mese. Perché proprio in quel momento? Quando il passato era ancora così recente e doloroso, e io non ero altro che un insieme di pezzi della persona che un tempo Marius aveva amato.

Dall'altra parte della porta, l'ombra di Adam oscillò, esitò e infine scomparve. Sentii l'acqua richiudersi sui suoi stivali.

Se n'era andato.

Più tardi, molto più tardi, ancora mezzo frastornato, ma stanco delle lacrime e di restare a guardare l'inondazione che prendeva possesso di casa mia, salii in soffitta. Era stata lo spazio di Marius, ma ormai era vuota, eccetto che per un dipinto che non aveva portato con sé.

Durante la nostra prima visita, l'agente immobiliare ci aveva avvertiti che le scale non erano a norma di sicurezza, ma Marius si era inerpicato su per quei pericolanti gradini a spirale ed era rimasto senza fiato. Credo che, sino a quel momento, quella fosse stata "casa" solo per me, ma ricordo ancora l'istante in cui lui aveva voltato il viso verso la luce, le braccia spalancate come per accogliere la pioggia cadente. Mi era apparso così bello quel giorno, così felice, un uomo d'oro e ombra. E avevo pensato che fosse mio.

Avevamo dormito lassù per una settimana dopo esserci trasferiti, in un ammasso di cuscini e coperte, perché il letto che avevo ordinato era arrivato in tempo, ma il materasso no. C'era stato un che di magico nel salire ogni sera in soffitta, tenendo ben stretta la mano di Marius, perché la sua visione notturna era pessima e io avevo il terrore che potesse sbattere contro qualcosa o cadere. Una volta approdati sani e salvi al nostro letto di fortuna, mi sdraiavo tra le sue braccia e insieme guardavamo le stelle attraverso il lucernario. In quelle sere, avevamo fatto l'amore come non ci capitava da tempo, lentamente, quasi non sapessimo come toccarci.

La mattina, mi svegliavo avvolto nella più tenue delle luci, alla vista del più azzurro dei cieli e delle foglie scarlatte del sicomoro.

La tela che Marius aveva lasciato era addossata a una delle pareti. Ero io. Aveva ritratto me.

Sfrontato nella mia nudità, avevo un'aria giovane, languida e insolitamente sensuale, gli occhi ottenebrati da un recente orgasmo, un accenno di sudore che si asciugava sulla pelle.

Sino a quel momento, la mia vita sessuale era stata quella di un comune adolescente. Pompini, seghe, qualche strusciamento. Ma Marius mi aveva fatto suo con un'abilità e una sicurezza tali, che nessuna delle mie esperienze pregresse avrebbe potuto prepararmi a ciò che avevo condiviso con lui. E poi mi aveva ritratto. Ero rimasto sbalordito nel vedermi: una creatura magica fatta di sfrontata passione e carnale appagamento. Come avrei potuto non amare un uomo che mi vedeva in quel modo?

Almeno finché non avevo cominciato a diventare invisibile ai suoi occhi.

Attesi che il dolore arrivasse, ma il mio cuore era vuoto come la stanza in cui mi trovavo. Mi sorpresi a immaginare uno scenario differente. Uno in cui mi scagliavo contro il quadro in un turbine di amarezza e rabbia, il legno che si frantumava mentre lo facevo a pezzi. Ma sarebbe stata una reazione troppo estrema, un gesto più adatto a Marius, che lo avrebbe messo in atto senza esitazione o imbarazzo. Non era da me.

Io non volevo distruggere niente.

Invece, girai il quadro faccia al muro e tornai di sotto a vedere cosa potevo fare per salvare il mio divano. Ne sistemai una parte sul tavolo da caffè e un'altra sulle scale (anche se, in quelle condizioni, arrivare al secondo piano era una vera e propria impresa). Infine, trovai dei mattoni nel capanno del giardino e li usai per sollevare i pezzi restanti a un'altezza tale che, se mai l'acqua fosse riuscita a raggiungerli, avrei avuto problemi ben più seri di cui occuparmi.

La casa sembrava una torre Jenga tirata su da uno psicopatico, ma per il momento poteva andare. Stavo osservando la mia opera con un embrionale senso di compiacimento, quando il mio telefono cominciò a suonare. Risposi di getto, senza nemmeno soffermarmi a controllare il numero.

«Edwin, tesoro... stai bene? Ho controllato su internet. La situazione sembra critica dalle tue parti.»

Per un attimo, la mia mente andò in corto circuito. Non perché non avessi riconosciuto la voce, ma per il motivo opposto. Un tempo anche suo figlio mi aveva chiamato *tesoro*. «Mrs. Chankseliani... ehm... sì, be'...» Perché accidenti avevo risposto? Detestavo non poter guardare in faccia la persona con cui stavo parlando. Non che mi piacesse vedere gli occhi del mio interlocutore velarsi di noia o le labbra arricciarsi per la frustrazione, ma almeno in quel caso avevo un minimo di controllo e potevo sempre cercare rifugio nel silenzio. Le telefonate mi lasciavano disarmato, a balbettare nervosamente in un vuoto spietato. «L'acqua è entrata in c-casa, ma credo di avere t- tutto sotto c-controllo.»

«Ho visto su internet che David Cameron è venuto lì.»

«B-be', non proprio a c-casa mia.»

«Portava degli stivali di gomma.»

Qualcosa che somigliava a una risata proruppe, inaspettata, dalla mia bocca. «A-anche io. E sono nel soggiorno di casa.»

«Oh, la tua povera casetta. Hai bisogno di qualcosa? Posso fare un salto da te.»

Non poteva fare un salto da me. Viveva a Londra e, certo, era più vicina dei miei genitori – che stavano a Bath –, ma era improbabile che treni e autobus fossero in servizio, considerato che metà dell'Oxfordshire era allagata a sufficienza da guadagnarsi una visita straordinaria da parte del Primo Ministro. «Grazie, ma… no. Sarebbe…» Imbarazzante. Imbarazzante da morire. Seguì un silenzio impacciato, amplificato dal fatto che fossimo al telefono. «… ehm… p-praticamente impossibile con questo tempo.»

«Sì, ma non dovresti stare da solo.»

Con una certa cautela, mi accomodai sulla parte del tavolo da caffè che non era occupata dal divano. C'erano un mucchio di cose che avrei potuto dire – per esempio che ero solo perché Marius mi aveva lasciato, o che avevo trentun anni e dunque ero un adulto maggiorenne in grado di badare a se stesso, oppure che quella era una conversazione piuttosto stramba da fare con la madre del tuo ex –, ma nessuna di esse sarebbe stata d'aiuto. «Sono sicuro che David Cameron si occuperà di me.»

«Ma me lo diresti se ti servisse qualcosa, vero?»

«N-non è… compito tuo badare a m-me.»

«Sì, lo so, Edwin, ma la famiglia è la famiglia.»

«Certo, ma tu non fai…» Mi fermai, ma era già troppo tardi.

I silenzi telefonici sono i silenzi peggiori. Sono infiniti e disconnessi.

Alla fine, Mrs. Chankseliani disse: «Lo pensi sul serio?»

«B-be', io…»

«Amo mio figlio, ma lo conosco. In tutta la sua vita, non mi ha mai mandato un biglietto per la festa della mamma. Non si è mai ricordato un compleanno. Finché non ha incontrato te.»

«D-dimenticava sempre anche il mio, di compleanno.» E lo stesso valeva per gli anniversari. Se ne ricordava solo la sera, rientrando a casa. *«Merda, l'ho fatto di nuovo. Che c'è che non va in me? Lascia che mi faccia perdonare, tesoro.»* E riusciva sempre a farsi perdonare, e a me non dispiaceva, perché preferivo quegli slanci di passione spontanea a un qualsiasi evento sfarzoso e pianificato con cura. «Non volevo essere scortese.»

«Lo so. Non è stato mai bravo con le ricorrenze. Non le ricordava mai. Tu, invece, ricordi tutto, vero?»

Solo, e all'improvviso così esposto, arrossii all'interno della stanza vuota. «Non… non ricordo tutto. Ho una app.» Ma prima della app, c'era stato un foglio Excel. E prima di quello una piccola agenda rilegata in pelle di un rosso cupo. Mi piaceva tenere a mente i giorni che per gli altri avevano un significato speciale.

«Eri perfetto per lui, Edwin. Tu noti cose che a lui sfuggono. O che non è in grado di vedere. Dubito, però, che lui fosse perfetto per te.»

«Sì che lo era.» Era difficile respirare, evitare che la voce s'incrinasse. Non era un argomento che avrei voluto affrontare. Soprattutto con la madre di Marius. «Mi ha reso molto felice.»

«Sai, ho sempre sperato che le cose si sarebbero sistemate.»

«Anch'io. Almeno per un po'. Poi ho smesso.» Un nuovo pensiero prese forma nella mia mente, un pensiero inaspettato. «Ho… smesso di aspettare il s-suo ritorno.»

«Be', certo, è giusto così. Ma ciò non significa che tu non debba più far parte della mia famiglia.»

«Ma era Marius… era lui quello che ci univa.»

«Sì, all'inizio sì. Ma ti conosco da dieci anni, tesoro. Non smetterò di volerti bene.»

Avrei potuto dire *"Marius lo ha fatto"*, ma sarebbe

stato scortese e anche non vero. Ferirmi non era mai stato nelle sue intenzioni. Aveva cercato di mantenere i contatti, di intrattenere rapporti amichevoli, ero stato io a preferire il silenzio. Era ciò di cui avevo bisogno in quel momento. «G-grazie per aver c-chiamato,» mi sentii dire. «Dovremmo vederci per un tè, la p-prossima volta che verrai da queste parti.»

«Mi farebbe piacere. Ti farai vivo a Natale?»

Guardai il telefono sbigottito. «V-vuoi che venga a Natale? Senza Marius?»

«Le ex mogli di Andrei continuano a venire. Quelle che riescono ancora a tollerarlo, almeno. E sentiamo la tua mancanza. Saremmo contenti di averti con noi.»

«Mi p-piaceva...» Riuscii a fermarmi prima di rivelare alla madre del mio ex *che mi piaceva appartenere a qualcosa.* «Ehm, sarebbe bello. Ma Marius... voglio dire... non sarebbe... non sembrerebbe... E se v-venisse anche lui... Se io stessi...» *Con qualcuno?* Un tempo quell'idea mi era sembrata inconcepibile. Eppure eccola lì.

«Puoi portare anche lui.»

Mi lasciai sfuggire una risatina imbarazzata. Sembrava la sceneggiatura di una commedia romantica. Un buffo e melenso film delle feste in cui ingaggiavo un avvenente attore disoccupato perché facesse finta di essere il mio fidanzato durante le vacanze di Natale a casa del mio ex. Il divertimento era assicurato e, viste le premesse, probabilmente la mia parte sarebbe stata interpretata da Zoe Kazan. «C-ci... penserò.»

«Sai, Edwin,» disse Mrs. Chankseliani, «in fin dei conti, la famiglia sono le persone che ti restano accanto.»

Quella notte trascinai una pila di coperte e cuscini in soffitta e mi preparai un piccolo giaciglio. Pioveva ancora, ma più piano, il rumore appena udibile attraverso il lucernario. C'erano troppe nuvole per vedere il cielo, ma rimasi a osservare le gocce infrangersi e raccogliersi sul vetro, brillando d'argento come frammenti di stelle cadenti.

Per la prima volta, permisi a me stesso di immaginare un corpo diverso da quello di Marius accanto al mio. Di fremere per dei comuni occhi castani, un sorriso grinzoso e mani grandi, capaci di avvolgere le mie. Fece male in un modo che – finalmente – sentivo di poter accettare.

Perché sapevo che erano gli ultimi scampoli di sofferenza.

Che stavo voltando pagina.

CAPITOLO 6
La sala da pranzo

Mi svegliai nel silenzio, investito da un fiume di luce, le ultime foglie ancora attaccate ai rami del sicomoro che proiettavano le loro sagome sul cielo scuro.

La tempesta era passata.

Avevo i piedi freddi.

Un rapido esame del mio cuore rivelò vecchie cicatrici e nuove ferie e *Dio, che avevo fatto?* Non c'era più rimedio. Mi tirai il copriletto fin sopra la testa. I timori del giorno precedente mi sembrano inconsistenti e lontani, e mi sentivo più idiota del solito. Avevo respinto un uomo per due volte... *senza ragione.*

Nella mia piccola tana buia, mi premetti le mani sopra la bocca per soffocare un suono a metà tra un singhiozzo e una risatina isterica. La consapevolezza dell'assurdità delle mie azioni era a suo modo un'agonia. Tuttavia, non potevo negare che, anche se condizionate dal dolore e dalla confusione, le mie azioni avevano un loro senso perverso. Almeno dal mio punto di vista. Ma non da quello di Adam, probabilmente. Oh, chissà che pensava di me adesso? Mi aveva confidato parte dei suoi rimpianti e io gli avevo sbattuto la porta in faccia nel senso letterale del termine.

Mrs. Chankseliani aveva detto che io ricordavo tutto, e un tempo era stato davvero così. Sapevo cosa significasse essere un amico, un amante, un compagno. Sapevo come far sentire qualcuno importante, visibile,

83

ascoltato: tutte cose che avevo sempre desiderato disperatamente per me, ma che temevo non avrei mai avuto perché ero avvezzo a essere ignorato. Mi ero abituato a chiedere affetto e indulgenza, quando ciò che desideravo realmente erano passione, sintonia e autenticità… tutte cose che Marius aveva saputo darmi in passato, e che Adam aveva cercato di offrirmi in quei giorni.

Come avevo fatto a dimenticare? Come avevo potuto essere così superficiale, crudele e succube delle mie insicurezze? Avevo permesso al dolore di prendere il controllo. Gli avevo dato così tanto potere. Ma, alla fine, nel bel mezzo di un'inondazione, avevo compreso una nuova e profonda verità: che l'amore era più forte della sofferenza.

Avevo amato Marius. E lo avrei amato per sempre. Mi aveva dato dieci anni della sua vita, un regalo di cui avrei fatto tesoro sino alla morte. Ma mi piaceva anche Adam. Mi piaceva moltissimo. E volevo l'opportunità di conoscerlo, di passare del tempo con lui, di scoprire chi era e di comprenderlo. Era entusiasmante immaginare che un giorno avrei potuto conoscere Adam nello stesso modo in cui avevo conosciuto Marius, e che avevo – che avevamo – di fronte l'opportunità di intraprendere insieme un viaggio, di costruire una relazione, non importava se sarebbe durata un giorno, un anno o una vita.

Sempre ammesso che non avessi mandato tutto a puttane ancor prima di cominciare, ovviamente.

Gettai di lato le coperte e corsi di sotto a vestirmi. La casa odorava di acqua stagnante e, quando riuscii ad aggirare il divano, sussultai alla vista dell'ingresso. Non era così terribile – solo il tappeto, il pavimento, le cornici delle porte e i battiscopa avevano subito dei danni – ma ci sarebbero voluti tempo, denaro e forse anche una richiesta d'indennizzo all'assicurazione per riparare tutto. E per ottenere l'indennizzo sarebbero state necessarie delle telefonate, il che significava che sarei stato trattato come un idiota e…

E, se avessi gestito bene la cosa, avrei potuto cogliere l'occasione per apportare le modifiche necessarie a rendere la casa a prova di alluvione. Legno resistente all'acqua per le porte. Magari anche un pavimento in pietra, come quello di Mrs. P.

Presi un profondo respiro e avvertii un'improvvisa sensazione di vertigine. Perché finalmente sapevo che cosa significava.

Avere un futuro davanti.

Guardai quello sfacelo, aspettando di sentirmi… spaventato, o triste, o impotente, o sopraffatto.

Ma non lo ero. Non lo ero.

Indossai il cappotto, la sciarpa e gli stivali di gomma. Attraversai con cautela il corridoio e scavalcai i sacchi di sabbia. Salutai con la mano Mrs. P. mentre passavo a guado di fronte alla finestra del suo soggiorno e arrivai in fondo alla strada, dove il livello dell'acqua era più alto. C'erano una serie di pompe allineate ai margini della carreggiata e molte delle case avevano le finestre spalancante, mentre dalle porte aperte fuoriuscivano grossi tubi che risucchiavano via l'acqua. La squadra di Adam stava lavorando alacremente, lampi di giallo e arancio su uno sfondo dominato dal grigio e dal marrone.

Lo riconobbi subito tra la folla grazie all'altezza e al colore dei capelli, e al formicolio elettrico della mia pelle. Quella mattina ero rimasto steso a letto a fantasticare su quanto sarebbe stato piacevole conoscerlo, ma desideravo anche altre cose. La sua bocca sulla mia, il sapore delle lentiggini sulla lingua, le sue grandi mani che mi

85

travolgevano con dolcezza, tutti i modi eccitanti in cui il suo corpo avrebbe potuto accogliere il mio.

Ripensando al ritratto di Marius, mi concessi un piccolo e intimo brivido. Forse ero sempre stato lì: l'uomo che lui aveva dimenticato come vedere.

Adam stava distribuendo guanti di protezione e parlando con un manipolo di residenti.

«La buona notizia è che il peggio è passato,» stava dicendo. «La pioggia, a quanto pare, è finita e il livello dell'acqua è stabile, quindi, da questo momento in poi, si tratta solo di tenere la situazione sotto controllo e ripulire.»

Un flebile e stanco grido di esultanza si levò dal gruppo di astanti.

«Ricordate, l'acqua stagnante può essere pericolosa, perciò indossate sempre guanti e galosce e tenete aperte le finestre per far cambiare l'aria. E ora un paio di dritte per destreggiarvi con le vostre compagnie assicurative: credo che la maggior parte di voi abbia pavimenti in pietra, ma se avete tappeti o moquette danneggiate, tagliatene un pezzo e conservatelo in un sacchetto. E fate un segno sul muro per mostrare sin dove è arrivata l'acqua. Sarà d'aiuto per gli imbianchini.» In quell'istante, il suo telefono prese a suonare, emettendo un trillo acuto che si unì allo stridore delle pompe e degli aeratori. «Bene, è l'Agenzia. Tra qualche minuto avrò altre notizie per voi.».

Fu quasi un sollievo quando Adam si girò, voltandomi le spalle. Mi diede un attimo per ricompormi e anche per riflettere sul fatto che, con buona probabilità, al momento aveva cose più importanti per la testa della sua vita sentimentale. D'altra parte, se fossi fuggito a casa, avrei anche potuto non rivederlo mai più. Non senza inscenare un'altra inondazione o senza bussare a ogni porta di Deddington.

Mentre me ne stavo lì, a tormentare le frange della mia sciarpa e a guardare la fiamma dei capelli di Adam che svaniva in lontananza, una donna, che ricordavo di aver già visto alla festa dei sacchi di sabbia che avevamo improvvisato due giorni prima, mi rivolse un cenno di saluto.

Trasalii, spiazzato, e – visto che era l'argomento più gettonato – le domandai timidamente se la sua casa fosse a posto.

Lei scrollò le spalle. «Be', sai, niente di nuovo. L'acqua entra, l'acqua esce. Alla fine ci fai l'abitudine. E tu?»

Era più giovane di me, carina. Canadese, pensai, e mi stava sorridendo. Nel bel mezzo di un'inondazione, mi stava sorridendo.

«Ehm, ecco, s-sono qui in s-strada, quindi direi che s-sto bene. Mi dispiace.»

«Amico, non è colpa tua se stai bene. Non c'è motivo di dispiacersene.»

Cercai di sciogliere il nodo che avevo involontariamente fatto alla mia sciarpa. «Abitudine.»

«Vedi? È per questo che ho sposato un inglese.»

Arrossii.

«Io sono Mary, comune. E quello è mio marito, Mark.» Indicò un uomo che stava spingendo un rotolo di moquette fuori da una delle case.

«Ed... Edwin. Vivo al cinquanta. Mi d-dispiace per l'inondazione.»

«Ogni mattina mi sveglio con accanto all'uomo che amo, nella casa che abbiamo comprato insieme e, quando scosto le tende, vedo il fiume. A volte, riesco anche a vederlo brillare alla luce del sole.»

«In Inghilterra? N-ne sei s-sicura?»

«Mi pare di sì… c'è stato un giorno… credo fosse il 2008…»

«Oh, sì,» risposi con un sospiro nostalgico, «lo ricordo bene.»

«Per farla breve, inondazione o no, ne vale la pena: è questo che intendevo.»

La lasciai con suo marito davanti casa e cominciai a gironzolare, aspettando Adam e facendo appello tutto il mio coraggio.

Era una giornata strana, immota e fredda, e – dopo tutti quei tetri giorni di tempesta – quasi troppo luminosa. Il cielo era un lenzuolo grigio e stropicciato, ma il sole ancora basso faceva risplendere ogni cosa. Le increspature che i miei passi producevano nell'acqua, nella luce tagliente, fremevano come un banco di pesci d'argento.

Non c'era molto da vedere vicino al fiume. Solo acqua, altra acqua, qualche cartello che diceva che non avrei dovuto trovarmi lì e una fila di barriere parzialmente sommerse.

«Il sentiero è chiuso,» urlò una voce familiare. «E il terreno è molto scivoloso. Forse sarebbe meglio… Oh, Edwin.»

Adam, il telefono ancora in mano, aveva l'aria stanca e tirata, il che faceva apparire i suoi capelli ancora più sgargianti del solito, come se la natura avesse ammantato quell'uomo sbiadito in una quantità eccessiva di rosso e oro. Ciononostante, riuscii a pensare solo che era bellissimo e che volevo mi desiderasse di nuovo.

«Hai d-dormito?» domandai.

«Un po'. Sai, c'è un'inondazione e sono un tantino preoccupato.»

Restammo in silenzio per qualche minuto. Quello che volevo fare era tuffargli le mani tra i capelli, avvicinare il suo viso al mio e premere i nostri corpi uno contro l'altro, insieme. Quello che volevo dire era *"toccami, baciami, fammi tuo, stai con me"*. «Adam,» sputai fuori, «Adam, perdonami.»

Lui spalancò gli occhi. «Sei stato tu a causare l'inondazione?»

Apprezzai lo sforzo, ma la battuta non ebbe alcun effetto. «Volevo dire per ieri.»

«Oh, già. Senti, petalo, non preoccuparti. Ho esagerato, e tu hai rotto da poco con qualcuno, e…»

«No.» Interrompere qualcuno – non per mancanza di rispetto, ma in preda all'urgenza e al bisogno di dire la mia – mi fece sentire bene. Più forte, in un certo senso. «Sei stato perfetto e… C-cristo Santo… è passato un sacco di tempo da quando ho rotto con Marius. N-non è con lui c-che voglio stare.» Alzai lo sguardo. Oh, quegli occhi color terra bagnata, così pieni di calore e accesi dalla scintilla dei suoi pensieri. «È te che voglio. Voglio stare con te.»

Il silenzio che seguì fu come annegare.

«Be',» disse infine. «Questa è la notizia migliore che abbia avuto in tutta la giornata.»

«È… è un sì, giusto?»

«Certo che è un sì, stupido imbecille. Avrei dovuto riflettere e tenerti sulla corda ancora un po'?»

«No, certo che no,» sbottai. E poi mi resi conto: aveva detto *sì*. La mia mente si svuotò in preda allo shock, al sollievo e alla gioia. E all'improvviso rimasi a corto di parole, nel senso più positivo del termine. «Oh, cavolo.»

Adam emise una risatina gutturale, facendomi avvertire una sensazione di calore su tutta la pelle. «Già, cavolo.»

Gli sorrisi, domandandomi se fosse appropriato

saltargli addosso nel bel mezzo della periferia di Oxford. La mia espressione doveva essere eloquente, perché una vampata di rossore fece estinguere le efelidi sulle sue guance e lui si schiarì la gola. «Ehm, dovrei... Stavo andando a fare un giro di ricognizione... Ti va di venire con me?»

«Sì.»

Adattando la mia andatura alla sua, lo seguii, e insieme attraversammo il cimitero della chiesa, che era un campo minato di ghiaia bagnata e pozzanghere. All'inizio avanzai cauto, temendo di sollevare troppi schizzi ma, quando mi resi conto che i miei piedi erano ancora asciutti e confortevolmente caldi all'interno degli stivali, presi coraggio. Nemmeno da bambino avevo amato sguazzare in mezzo all'acqua. Ligio al precetto che i bambini dovevano farsi sentire il meno possibile, alla disperata ricerca d'approvazione da parte dei miei e abituato a comportarmi sempre nel migliore dei modi, non mi era mai passato per la mente che quella potesse essere un'attività ricreativa. Ma in quella giornata grigio-biancastra appena rischiarata dal sole, con un uomo al mio fianco, fu un'autentica gioia saltare da una pozzanghera all'altra in una pioggia di gocce scintillanti.

«Edwin.» Il basso ruggito di Adam fendette l'aria immobile. «Vieni qui.»

«Perché?»

«Perché devo baciarti, e devo farlo in questo preciso istante.»

Lo raggiunsi e lui mi baciò in quel preciso istante, e fu dolce e brutale e disperato, e tutto per me. Subito dopo, Adam appoggiò la fronte alla mia, il suo respiro irregolare che si infrangeva bollente sulle mie labbra.

«Mi dispiace,» disse.

«P-per avermi baciato?»

«Dio, no. Ma non volevo aggredirti come un cavernicolo. Ho fantasticato di baciarti dal primo istante in cui ti ho visto, ma molestarti in un cimitero non era nei miei piani.»

Fissai la sua bocca con evidente bramosia, ricordando l'effetto che mi aveva fatto sentirla sulla mia, desiderando disperatamente di gustarne ancora il sapore. «Avevi dei piani?»

«Sono un ingegnere. Ho *sempre* dei piani.»

«Immagino che potrei ascoltarne qualcuno.»

«Più tardi ti farò un resoconto dettagliato. Promesso.» Poi si avvicinò e prese ad armeggiare col mio colletto, sistemandone i baveri spiegazzati, e l'intimità di quel gesto mi lasciò senza fiato, proprio come il suo bacio. «Sai, con le galosce e l'impermeabile somigli un po' all'orso Paddington.»

«Attento,» lo misi in guarda, il tono leggermente piccato. «Questi c-complimenti così spinti potrebbero darmi alla testa. Ma se la mia somiglianza all'orso di un racconto per bambini ti fa venire voglia di baciarmi, allora non mi lamento.»

Lui sorrise. «Voglio fare molto di più che baciarti, Edwin.»

Stavo annegando dolcemente nel calore del suo sguardo. «E c-cosa... cosa vuoi farmi?»

«Voglio... tornare a casa tua per il tè. Portarti fuori a cena e tenerti la mano sul tavolo. Voglio guardarti con i tuoi libri. Sentirti parlare. Voglio che prepari di nuovo quel pane fantastico. Voglio sapere chi sei.»

«Lo voglio anch'io,» dissi, la voce roca. «Voglio tutto.»

Avevo dimenticato che la gente potesse parlare in quel modo, dire certe cose. E Adam aveva la capacità di farlo sembrare così semplice. Aveva dispiegato dinnanzi a me quel possibile futuro, come una bandiera sgargiante contro un cielo plumbeo.

Mi cinse la vita con un braccio e mi attirò a sé. Poi accostò le labbra al mio orecchio e sussurrò altre delle cose che voleva farmi, con le sue mani su di me, le mie su di lui, il mio corpo sotto il suo, finché pensai che avrei potuto prendere fuoco per quanto erano dolci e perverse, e per quanto le desideravo.

«Sì,» risposi. «Sì a tutto quello che hai detto.»

«Posso vederti stasera? Quando avrò finito qui.»

Annuii. «Vieni quando puoi. N-non... vedo l'ora.»

«Anch'io.»

Raggiungemmo il margine del sentiero. Come Adam aveva previsto, era chiuso e parzialmente sommerso. Le acque del fiume esondato risplendevano ovunque. Adam si infilò le mani in tasca e corrugò la fronte, le sopracciglia che si trasformavano in due frecce segnaletiche rosso scuro.

Gli diedi un colpetto sul gomito. «Non è colpa tua.»

«Certo, è meglio che nel 2007.» Sembrava frustrato, persino un po' arrabbiato, ma c'era qualcosa di vulnerabile nella sua voce, nel modo in cui si preoccupava per cose su cui non aveva nessun controllo. «Ma meglio non è abbastanza.»

«Non puoi impedire alla pioggia di cadere.»

«No, ma posso studiare un piano di sicurezza migliore di questo.»

«Puoi fermare l'inondazione?»

«Sì, cazzo.»

Non riuscii a fare a meno di sorridere. Era così stanco, e così pieno di passione.

«Smettila di ridere di me. Non sarebbe nemmeno troppo difficile.»

«S-se è così s-semplice, perché nessuno lo fa?»

«Le solite ragioni. Sono convinti che costerebbe troppo.» Sospirò. «Ogni alluvione come questa fa sì che la possibilità di un'azione concreta aumenti. Ma è una vittoria un po' amara. Non c'è gusto ad avere ragione a questo prezzo. È solo che...» Rimase a fissare con sguardo assente la schiuma bianca che si era formata sull'acqua, che stava rimescolando con la punta dello stivale. «Potrebbe aiutare un mucchio di gente.»

«Adam?» Mi piaceva sentire il suo nome in bocca, la *d* saldamente sorretta dalle due vocali. «Lo hai già fatto. Lo sai, vero?»

«Non mi sembra di aver fatto granché in questo momento.»

«Un'inondazione è s-solo un insieme di gocce.»

Lui mi lanciò un'occhiata. Stava sorridendo. «Sexy, gentile e un po' misterioso. Come ho fatto a essere così fortunato?»

«È così che mi vedi?»

«Tutti sono misteriosi prima di conoscerli.»

«M-ma quando mi avrai c-conosciuto, non sarò più misterioso.»

«È vero, sarai tu, e sarà anche meglio.»

Rimasi a guardare a terra, pieno di gratitudine per quella sua capacità di prendere le mie peggiori insicurezze e di trasformarle in teneri tentativi di seduzione.

Voltammo le spalle al sentiero, imboccando il viottolo in discesa che conduceva in fondo al parco. I campi erano completamente allagati e la luce scivolava sulla superficie dell'acqua, facendola somigliare a vetro.

Adam emise un sospiro. «Dio, che disastro.»

«È... sbagliato che lo trovi bello? Questo...» – Oh, dannazione, troppe sibilanti, ma ero con Adam, così mi buttai – «... mondo silenzioso e scintillante.»

«No, lo è,» convenne lui. «E sembra che appartenga

solo a noi.»

Sguazzai tra l'erba bagnata e scavalcai la recinzione del parco giochi. L'acqua aveva quasi raggiunto l'orlo dei miei stivali.

«Che stai facendo?» domandò Adam.

«N-non… non ne ho idea, in realtà. Mi sono solo reso conto che ho la possibilità di stare in un posto in cui nessuno è mai stato prima.»

«Come quando vedi un pezzo di terra coperto di neve che nessuno ha notato e vai a saltellarci sopra?»

«Esattamente.»

Adam scavalcò a sua volta il recinto. «Sembra la scena di un film apocalittico. Manca solo di vedere un orsetto di peluche trascinato dalla corrente.» Fece finta di suonare un violino immaginario.

«Sono solo quindici centimetri d'acqua. Sarebbe un film piuttosto noioso. Insomma, quale sarebbe la frase di lancio: "Qualcuno si bagnerà i piedi"?»

«Non lo stai vendendo nel modo giusto. "Falda freatica punto esclamativo 3-D. Avresti il coraggio di… bagnarti i piedi?"»

La cima della giostra era ancora sopra il livello dell'acqua, anche se senza la base somigliava a una ruota di carro galleggiante. Salii sulla piattaforma sommersa e mi sedetti nel punto in cui convergevano i raggi, i piedi penzoloni. Adam si aggrappò alle sbarre, guardandomi e sorridendo mentre mi faceva girare avanti e indietro in mezzo all'acqua.

«Vuoi sentire la mia barzelletta preferita?» domandò.

«Assolutamente sì.»

«Tre studiosi di logica entrano in un bar. Il barista chiede: "Allora, volete tutti da bere?". Il primo risponde: "Non lo so". Il secondo risponde: "Non lo so". Il terzo dice: "Sì".»

Lo fissai interdetto. «Non credo di aver... Oh, aspetta.» E poi scoppiai a ridere, non per la barzelletta, ma perché era così tipico di Adam.

«Qual è la tua preferita?»

«N-non... credo di averci mai pensato.»

«Impossibile. Tutti hanno una barzelletta preferita, anche se non se ne rendono conto.»

Aveva ragione, ovviamente. Max, un vecchio amico mio e di Marius, andava matto per quella sul conduttore televisivo che non conduceva bene la corrente[10], era un po' stiracchiata, ma era quello il bello. Marius aveva un debole per quella sul fratello stupido e su quello dalla battuta pronta che andavano al circo: più che una barzelletta era un vero e proprio monologo, il divertimento stava nel *come* veniva raccontato. Il fatto che lo eseguisse con uno stile e una disinvoltura tali che la gente gli chiedeva sempre di ripeterlo, aveva destato in me un pizzico d'invidia. Riflettendoci bene, però, mi resi conto di avere anch'io una battuta preferita. Una che riuscivo a dire senza un singolo intoppo. «Chiedimi se sono un'arancia.»

Adam inclinò il capo, perplesso. «Sei un'arancia?»

«No.»

Adoravo la sua risata. Adoravo il fatto di essere in grado di farlo ridere.

«Sai,» disse lui, il fiato un po' corto, «era stata una giornata orrenda finché non sei arrivato tu. Quindi, grazie.»

«N-non puoi salvare il mondo, Adam.»

---

[10] Tutte le battute riportate di seguito sono popolari in Inghilterra e si basano principalmente su una serie di nonsense

«Lo so, ma a volte devo provarci lo stesso.»

Appoggiai delicatamente la mano sulla sua. «Puoi s-salvare me.»

«Non credo tu abbia bisogno di essere salvato.» Intrecciò le sue dita alle mie. «Penso che te la caverai alla grande.»

«Be', f-forse puoi salvare il mio divano. È bloccato a metà delle scale.»

«Come in *Dirk Gently*?»

Fu il mio turno di ridere. «Spero proprio che non rimanga incastrato lì per sempre. Potrebbe far scendere il valore di vendita della casa.»

«Hai intenzione di vendere?»

«Oh, no. È la mia casa. Voglio restarci… per sempre.»

«Lo vorrei anch'io al tuo posto. È fantastica.» Rimase in silenzio per un istante. Poi disse: «Edwin?»

Qualcosa nel suo tono di voce mi fece bloccare di colpo sulla giostra. «Sì?»

«La prima volta che ci siamo incontrati, mi sei sembrato… diffidente. Mi sono chiesto se fossi timido. Ma non lo sei, vero?»

Scossi la testa. «La maggior parte delle persone pensano di sì. Ma il mio è più… imbarazzo, credo. Q-quando ero giovane, avevo paura che la gente stesse più attenta a… *come* dicevo le cose, piuttosto che a quello che stavo dicendo. E più ti convinci che sia così, più difficile diventa parlare.»

Adam distolse lo sguardo dal mio. Per un dolcissimo istante, sentii i suoi occhi posarsi sulle mie labbra come la promessa di un bacio. «Non penso a niente del genere quando ti sento parlare.»

Deglutii a vuoto. «E a cosa pensi?»

«Se te lo dicessi, mi esporrei un po' troppo, petalo.»

«Sì. È per questo che te l'ho chiesto.»

Lui sorrise, e provai una vampata di calore laddove la mia pelle era esposta – il dorso delle mani, la gola –, come se mi avesse toccato. «In ogni caso, deve essere seccante. Preoccuparsi di continuo,» disse poi con dolcezza.

Seccante? La maggior parte delle persone prediligevano il termine *difficile,* pronunciato col familiare tono di pietà di chi non aveva idea di cosa stesse parlando. «Già,» risposi, «è proprio seccante.»

«Ma adesso non hai più paura?»

«Sì, ne ho... e allo stesso tempo non ne ho. È... complicato. Credo sia subentrata la forza dell'abitudine. Come quando ti sloghi la caviglia e hai sempre un po' paura di appoggiarci il peso.»

Adam annuì.

«Da bambino, continuavano a ripetermi che sarei migliorato. Che col tempo il disturbo se ne sarebbe andato. G-genitori. Insegnanti. Dottori. C-così ho continuato ad aspettare. Ogni volta che pensavo a qualcosa da d-dire...» Che cavolo...? Anche le *d* adesso? Non mi avevano dato problemi per mesi, invece negli ultimi giorni si erano ripresentate, le mie *d* recidive.

Ma non intendevo arrendermi. Nulla poteva fermarmi, ormai. Non con Adam lì ad ascoltarmi.

Azzardai un altro tentativo. «Ogni volta che avevo qualcosa da dire, pensavo: "Be', no, aspetta di p-poterlo dire come si deve". Solo che il disturbo non se n'è mai andato. Migliora e peggiora, va via e ritorna, a volte scompare quasi del tutto, ma è sempre lì, e ci sarà sempre. Ora ho trent'anni ed è tutta la c-cazzo di vita che aspetto l'occasione di parlare.»

All'improvviso, avevo il respiro corto, il sangue che mi rimbombava nelle orecchie. E Adam era in silenzio, immobile, gli occhi incollati ai miei.

«Parla con me,» fu ciò che disse subito prima di baciarmi.

Fu diverso stavolta. Dolce e pieno di premura, le mani che mi incorniciavano il viso, reggendolo come un calice. E io mi aprii per lui con naturalezza, la sua lingua che scivolava tra le mie labbra per sparire nell'oscurità, dove le mie parole si riducevano a un groviglio.

Poi mi accompagnò a casa.

Mi lasciò sulla soglia, come se fossimo al primo appuntamento e quello fosse il mio bacio della buonanotte. E quando se ne fu andato, rimasi nell'ingresso, tremante, euforico e stravolto, la bocca rimodellata dal contatto con la sua e ancora piena del suo sapore.

Trascorsi il resto della giornata svolgendo piccole attività essenziali. Arrotolai il tappeto dell'ingresso. Scattai delle foto col cellulare e presi qualche appunto per la mia assicurazione. In un impeto di impazienza e vanità, feci un accurato bagno freddo con l'acqua che mi era rimasta. Un conto era somigliare all'orso Paddington, un altro era averne l'odore. Realisticamente parlando, avrei dovuto trascorrere qualche giorno in un hotel con Adam, il che non era il massimo del romanticismo.

Ma sarebbe stata un'avventura. E avrei avuto lui al mio fianco.

Il mio compagno. Il mio nuovo compagno. Il mio Adam.

Era di nuovo sera inoltrata quando tornò. In pochi secondi si liberò del giubbotto e fu tra le mie braccia, il viso premuto contro il mio collo. Lo strinsi a me, percependo all'improvviso la mia forza, diversa dalla sua, ma comunque presente.

Un'altra cosa che, all'occorrenza, avrei avuto da

offrirgli.

«Cazzo,» sussurrò Adam. «Cazzo.»

Dopo un istante di esitazione, alzai le braccia e intrecciai le dita tra i suoi capelli. Erano così soffici che li potevo tenere tra le mani. Avevo atteso di toccarlo in quel modo dalla prima volta che lo avevo visto. Quell'uomo meraviglioso, tutto calore e sorrisi e *"petalo"*, che aspettava sotto la pioggia. «È tutto a posto?»

«Sì. Tutto sotto controllo. Non ho fatto che pensare a te.»

Presi il suo viso tra le mani, meravigliandomi dell'arditezza e della disinvoltura del mio gesto. La barba della mascella era ispida contro i miei pollici. «V-vuoi del tè? O preferisci parlare? O… baciarmi?»

«L'ultima.»

E lo fece.

Mi baciò e mi baciò e mi baciò, sino alla fine del corridoio. Mi resi conto che eravamo in soggiorno solo quando urtai il tavolo con un fianco, e Adam mi ci caricò sopra di peso, e io mi strinsi a lui, e fu perfetto. Solo calore e desiderio.

«Dio, Edwin.» La sua voce era di nuovo roca, come quando ci eravamo ritrovati a guardare il fiume, mi eccitava l'idea di riuscire ridurlo in quello stato e che lui non esitasse a mostrarmelo. «Toccami.»

Allungai le mani e gli sbottonai i bottoni della camicia, uno a uno, le dita incerte come il mio respiro. Nella luce tremante, era marmo e fiamme, ombre e segreti, e io bruciavo di passione per lui. Tuttavia, il mio corpo esitò, inciampando sulla soglia di se stesso, come le mie parole, tutte le mie parole, bloccate sulle labbra e a lungo taciute.

Alzai lo sguardo su Adam, stordito, supplicante e sperduto. «Io… C-come…»

Lui mi afferrò i polsi e si portò le mie mani alle labbra. Baciò la punta delle dita, poi premette i palmi contro il suo petto. Sulla pelle che io stesso avevo scoperto. Sfiorai le clavicole con i polpastrelli e ne accarezzai il promontorio, per poi sprofondare nel loro tenero avvallamento. All'inizio procedetti con cautela, ma quando Adam abbandonò il capo all'indietro con un gemito, diventai avido. Di lui, della sua pelle, dei suoni che emetteva.

Lo esplorai, centimetro per centimetro, istante per istante, lentiggine per lentiggine. Il turgido muscolo del suo avambraccio. I riccioli dalla punta dorata che gli ricoprivano il torace. La piana dura e liscia della sua schiena. E lui mugolò, e tremò di tanto in tanto, e mormorò il mio nome, e sì, e proprio lì, e meraviglioso, e dio, e sì, e ancora sì. Quando mi piegai per assaporare il sudore sulla sua gola, si allontanò da me di scatto e rimase a fissarmi, le labbra umide e leggermente dischiuse, gli occhi scuri e accesi di lussuria.

Io ricambiai lo sguardo. «Ti desidero…» cominciai, temendo la *d* e restando così sorpreso dalla sua resa che quasi dimenticai quel che volevo dire. «Ti desidero così t-tanto.»

Adam sorrise, un sorriso imbambolato e un po' sciocco, ma io ne fui deliziato. «Oh, credimi, sono già tuo.»

E tanto bastò a riportarlo tra le mie braccia. Il suo corpo schiacciò il mio contro il tavolo: era un po' scomodo, ma nel miglior modo possibile. Catturò le mie labbra in un altro bacio profondo e brutale, e mi inarcai sotto di lui con un gemito leggero, sfrontato e entusiasta.

Fu difficile e allo stesso tempo sin troppo semplice immaginare l'aspetto che dovevo avere in quel momento, eccitato e con le labbra gonfie di baci, steso sul tavolo del mio soggiorno. E, per un attimo, provai solo un'atroce tristezza all'idea che quell'uomo ridicolo e sensuale, pronto a concedersi a un altro, fosse qualcuno che Marius aveva appena intravisto ma che non aveva mai sospettato potesse esistere davvero. Tuttavia, l'attimo passò in fretta, lasciando solo felicità, gratitudine ed eccitazione, perché adesso ero lì.

E potevo essere quella persona con Adam.

Sovrastato dal suo corpo, accarezzato dalle sue mani, dalle sue labbra e dai suoi respiri, trovai le parole e le liberai. Erano parole selvagge, parole volgari, brucianti e piene di passione, il genere di parole che pensavo non avrei mai avuto il coraggio di pronunciare.

Ma con Adam volevo farlo.

E sapevo che lui le avrebbe ascoltate, e che non ne avrebbe avuto paura.

RICETTA
Vino di Sambuco di Edwin
(risultato non garantito)

Penna blu su foglio da block-notes color giallo canarino, 2015 circa

Contiene note ai margini assortite e di dubbia origine, anch'esse risalenti approssimativamente al 2015

CONSIGLI PER LA RACCOLTA DEI FIORI DI SAMBUCO

- Meglio raccoglierli nei mesi di giugno e luglio, di prima mattina
- Cercare ramoscelli di fiori bianco latte con un tipico profumo d'estate
- Scegliere fiori completamente sbocciati, ma privi di striature marroni
- Non raccogliere i fiori che hanno un odore sgradevole
- Non prelevare troppi fiori da un'unica pianta
- Ricordare sempre di chiedere il permesso alla strega che abita nell'albero di sambuco. O potreste restare vittime di una fattura.

Se l'albero ha un aspetto ostile, farete meglio a non coglierne i fiori

PREPARAZIONE DEI FIORI DI SAMBUCO

- I fiori di Sambuco sono fragili e si deteriorano in

fretta, quindi usateli il prima possibile dopo averli raccolti

• Agitateli invece di lavarli, così da incoraggiare gli insetti che potrebbero aver trovato residenza all'interno di essi a spostarsi

• Spuntate i gambi

OCCORRENTE UTILE

• Un secchio con un coperchio

• Un termometro

• Due bottiglie da 5 litri *oppure potete comprare un paio di damigiane, come farebbe chiunque*

• Una pompa per sottovuoto che si adatti alle bottiglie o alle damigiane. *In alternativa, potete usare della bambagia, della pellicola per alimenti e un elastico: andranno bene lo stesso*

• Un colino di mussola *o un setaccio*

• Un tubo di plastica di circa un metro e mezzo

INGREDIENTI

• 500 ml di fiori di sambuco

• 1.5 kg di zucchero bianco

• 250 g di uva passa o uva sultanina, lavata e tagliata grossolanamente (serve per dare corpo al vino)

• ½ tazza di tè forte, raffreddato (per liberare il tannino)

• Il succo di tre limoni

• 1 cucchiaino di lievito tradizionale

• 1 cucchiaino di lievito per vino

• 4.5 litri d'acqua bollente

COME PROCEDERE

• Prima di cominciare – a meno che non vogliate

103

ritrovarvi con parecchie bottiglie d'aceto – farete meglio a sterilizzare tutto: potete utilizzare un disinfettante, o un bel po' di acqua bollente. *Oppure potete farlo fare al vostro ragazzo. Ecco, questa è un'altra alternativa.*

• Sciogliete lo zucchero in 500 ml d'acqua portata a ebollizione.

• Mettete i fiori, l'uva passa (o sultanina) e il succo di limone nel secchio.

• Versate il resto dell'acqua portata a ebollizione, poi aggiungete la soluzione con lo zucchero, mescolando bene.

• Coprite il secchio e attendete sino a quando la temperatura dell'acqua non avrà raggiunto i 21°C *il che potrebbe richiedere un'intera giornata, se fuori fa caldo.*

• Poi aggiungete il lievito per vino, il lievito tradizionale e il tè. Coprite di nuovo il tutto e mettetelo a riposare in un posto caldo (armadio biancheria riscaldato, sottoscala).

• Il composto dovrebbe cominciare a fermentare in un giorno o due: vedrete comparire delle bolle di gas.

• Nelle prime fasi della fermentazione, parte del lievito e dei fiori potrebbero affiorare in superficie, formando una sorta di crosta. Se dovesse succedere, mescolate di nuovo il composto con un cucchiaio sterilizzato e richiudete il coperchio.

• Lasciate tutto com'è finché lo stadio più intenso della fermentazione non è passato. Potrebbe volerci una settimana *o due.*

• Setacciate il liquido e versatelo nella bottiglia *o damigiana.* Riempitela fino al collo con dell'acqua bollente che avrete fatto raffreddate e sigillatele. Un batuffolo di ovatta ricoperto di pellicola adesiva andrà bene *o potete comprare un tappo per sottovuoto.*

• Rimettete la bottiglia in un posto caldo.

• Quando la fermentazione sarà terminata e il vino comincerà a diventare più trasparente, sul fondo della bottiglia si accumuleranno dei sedimenti. Questo processo potrebbe richiedere da due settimane a qualche mese.

• Una volta che il vino sarà pulito, dovrete setacciarlo. Mettete la bottiglia col vino su un tavolo o su una sedia, e sistemate la seconda bottiglia (vuota e sterilizzata) più in basso). Immergete un capo del tubo di plastica sterilizzato nel vino, fermandovi a circa cinque centimetri dal sedimento. Potreste avere bisogno di fissarlo in questa posizione. *Oppure potete chiedere al vostro ragazzo di tenerlo per ore.* Sistemate l'altro capo del tubo più in basso rispetto alla bottiglia di vino e succhiate (piano) finché il liquido non comincerà a fluire. A questo punto, infilate il capo più basso del tubo nel nuovo contenitore e aspettate che il contenuto della vecchia bottiglia si riversi nella nuova, lasciando indietro i sedimenti. Questo processo non richiede ore, anche se qualcuno potrebbe avervi detto il contrario.

• Mettete da parte il vino per un'altra settimana, in modo da liberarvi degli ultimi sedimenti.

• Setacciatelo una seconda volta e poi lasciatelo a decantare in bottiglie sterilizzate.

Conservate il vino in un posto fresco e fatelo riposare, possibilmente per otto mesi o un anno.

Se emana uno strano odore di sperma o di pipì di gatto, qualcosa è andato storto.

Una volta. È successo solo una volta.

Ringraziamenti

Grazie infinite a J per il suo meticoloso occhio da editor, e ad H, che mi mantiene (più o meno) sano di mente.

Alexis Hall è nato nei primi anni '80 ed è ancora convinto che il XXI secolo sia il futuro. Ancor oggi, vive con un profondo senso d'ingiustizia il fatto di essere stato testimone della fine di un secolo ma di non essere riuscito a bere neppure un bicchiere d'assenzio, a danzare con una cortigiana o ad abitare in una mansarda. Intorno al 2000 ha provato l'esperienza universitaria, senza riuscire a imparare nulla di significativo. Ha fatto molti lavori, incluso il gelataio, il chiromante, il tecnico di laboratorio e lo scommettitore professionista, ma è stato licenziato dalla maggior parte di essi.

Vive nel sud-est dell'Inghilterra, senza gatti né bambini, ed è intenzionato a continuare a così.

Triskell Edizioni

Grazie di aver acquistato e letto il nostro libro!
Speriamo vivamente che ti sia piaciuto.

Se non fosse di troppo disturbo sarebbe per noi un onore conoscere la tua opinione al riguardo.
Ci farebbe molto piacere se postassi un tuo pensiero, qualunque esso sia, sugli store come Amazon e Kobo, e magari anche sui social media come Goodreads, Facebook o Twitter.
Il passaparola è importantissimo per ampliare la diffusione dei libri.

Ti ricordiamo che ci puoi trovare su:
Pagina FB:
https://www.facebook.com/TriskellEdizioni/
Gruppo FB
https://www.facebook.com/groups/215147648905489
Twitter: https://twitter.com/TriskellEdiz
Instagram: https://www.instagram.com/triskelledizioni/
Goodreads:
https://www.goodreads.com/user/show/18551250-triskell-edizioni
Pinterest: https://it.pinterest.com/triskelledizion/
Tumblr: http://triskelledizioni.tumblr.com

Ti invitiamo anche a iscriverti alle newsletter dei nostri siti per non perderti le ultime novità!